CAZOTTE

I

L'AUTEUR du *Diable amoureux* appartient à cette classe d'écrivains qu'après l'Allemagne et l'Angleterre nous appelons humoristiques, et qui ne se sont guère produits dans notre littérature que sous un vernis d'imitation étrangère. L'esprit net et sensé du lecteur français se prête difficilement aux caprices d'une imagination rêveuse, à moins que cette dernière n'agisse dans les limites traditionnelles et convenues des contes de fées et des pantomimes d'opéras. L'allégorie nous plaît, la fable nous amuse ; nos bibliothèques sont pleines de ces jeux d'esprit destinés d'abord aux enfants, puis aux femmes, et que les hommes ne dédaignent pas quand ils ont du loisir. Ceux du dix-huitième siècle en avaient beaucoup, et jamais les fictions et les fables n'eurent plus de succès qu'alors. Les plus graves écrivains, Montesquieu, Diderot, Voltaire, berçaient et endormaient par des contes charmants cette société que leurs principes allaient détruire de fond en comble. L'auteur de l'*Esprit des lois* écrivait le *Temple de Gnide* ; le fondateur de l'Encyclopédie charmait les ruelles avec l'*Oiseau blanc* et les *Bijoux indiscrets* ; l'auteur du *Dictionnaire philosophique* brodait la *Princesse de Babylone* et *Zadig* des merveilleuses fantaisies de l'Orient. Tout cela, c'était de l'invention, c'était de l'esprit, et rien de plus, sinon du plus fin et du plus charmant.

Mais le poëte qui croit à sa fable, le narrateur qui croit à sa légende, l'inventeur qui prend au sérieux le rêve éclos de sa pensée, voilà ce qu'on ne s'attendait guère à rencontrer en plein dix-huitième siècle, à cette époque où les abbés poëtes s'inspiraient de la mythologie, et où certains poëtes laïques faisaient de la fable avec les mystères chrétiens.

On eût bien étonné le public de ce temps-là en lui apprenant qu'il y avait en France un conteur spirituel et naïf à la fois qui continuait les *Mille et une Nuits*, cette grande œuvre non terminée que M. Galland s'était fatigué de traduire, et cela comme si les conteurs arabes eux-mêmes les lui avaient dictées ; que ce n'était pas seulement un pastiche adroit, mais une œuvre originale et sérieuse écrite par un homme tout pénétré lui-même de l'esprit et des croyances de l'Orient. La plupart de ces récits, il est vrai, Cazotte les avait rêvés au pied des palmiers, le long des grands mornes de Saint-Pierre ; loin de l'Asie sans doute, mais sous son éclatant soleil. Ainsi le plus grand nombre des ouvrages de cet écrivain singulier a réussi sans profit pour sa gloire, et c'est au *Diable amoureux* seul et à quelques poëmes et chansons qu'il a dû la renommée dont s'illustrèrent encore les malheurs de sa vieillesse. La fin de sa vie a donné surtout le secret des idées mystérieuses qui présidèrent à l'invention de presque tous ses ouvrages, et qui leur ajoutent une valeur singulière que nous essayerons d'apprécier.

Un certain vague règne sur les premières années de Jacques Cazotte. Né à Dijon en 1720, il avait fait ses études chez les Jésuites, comme la plupart des beaux esprits de ce temps-là. Un de ses frères, grand vicaire de M. de Choiseul, évêque de Châlons, le fit venir à Paris et le plaça dans l'administration de la marine, où il obtint vers 1747 le grade de commissaire. Dès cette époque, il s'occupait un peu de littérature, de poésie surtout. Le salon de Raucourt, son compatriote, réunissait des littérateurs et des artistes, et il s'en fit connaître en lisant quelques fables et quelques chansons, premières ébauches d'un talent qui devait dans la suite faire plus d'honneur à la prose qu'à la poésie.

De ce moment, une partie de sa vie dut se passer à la Martinique, où l'appelait un poste de contrôleur des Îles-sous-le-vent. Il y vécut plusieurs années obscur, mais considéré et aimé de tous, et épousa mademoiselle Élisabeth Roignan, fille du premier juge de la Martinique. Un congé lui permit de revenir pour quelque temps à Paris, où il publia encore quelques poésies. Deux chansons, qui devinrent bientôt célèbres, datent de cette époque, et paraissent résulter du goût qui s'était répandu de rajeunir l'ancienne romance ou ballade française, à l'imitation du sieur de la Monnoye. Ce fut un des premiers essais de cette couleur romantique ou romanesque dont notre littérature devait user et abuser plus tard, et il est remarquable de voir s'y dessiner déjà, à travers mainte incorrection, le talent aventureux de Cazotte.

La première est intitulée la *Veillée de la bonne femme*, et commence ainsi :

Tout au beau milieu des Ardennes

Est un château sur le haut d’un rocher
Où fantômes sont par centaines.
Les voyageurs n’osent en approcher :
Dessus ses tours
Sont nichés les vautours,
Ces oiseaux de malheur.
Hélas ! ma bonne, hélas ! que j’ai grand’peur !

On reconnaît déjà tout à fait le genre de la ballade, telle que la conçoivent les poëtes du Nord, et l’on voit surtout que c’est là du fantastique sérieux ; nous voici bien loin de la poésie musquée de Bernis et de Dorat. La simplicité du style n’exclut pas un certain ton de poésie ferme et colorée qui se montre dans quelques vers.

Tout à l’entour de ses murailles
On croit ouïr les loups-garous hurler,
On entend traîner des ferrailles,
On voit des feux, on voit du sang couler,
Tout à la fois,
De très-sinistres voix
Qui vous glacent le cœur.
Hélas ! ma bonne, hélas ! que j’ai grand’peur !

Sire Enguerrand, brave chevalier qui revient d’Espagne, veut loger en passant dans ce terrible château. On lui fait de grands récits des esprits qui l’habitent ; mais il en rit, se fait débotter, servir à souper, et fait mettre des draps à un lit. À minuit commence le tapage annoncé par les bonnes gens. Des bruits terribles font trembler les murailles, une nuée infernale flambe sur les lambris ; en même temps, un grand vent souffle et les battants des portes s’ouvrent *avec rumeur*.

Un damné, en proie aux démons, traverse la salle en jetant des cris de désespoir.

Sa bouche était tout écumeuse,
Le plomb fondu lui découlait des yeux…

Une ombre tout échevelée
Va lui plongeant un poignard dans le cœur ;
Avec une épaisse fumée
Le sang en sort si noir qu'il fait horreur.
Hélas ! ma bonne, hélas ! que j'ai grand'peur

Enguerrand demande à ces tristes personnages le motif de leurs tourments.

— Seigneur, répond la femme armée d'un poignard, je suis née dans ce château, j'étais la fille du comte Anselme. Ce monstre que vous voyez, et que le ciel m'oblige à torturer, était aumônier de mon père et s'éprit de moi pour mon malheur. Il oublia les devoirs de son état, et, ne pouvant me séduire, il invoqua le diable et se donna à lui pour en obtenir une faveur.

Tous les matins j'allais au bois prendre le frais et me baigner dans l'eau pure d'un ruisseau.

Là, tout auprès de la fontaine,
Certaine rose aux yeux faisait plaisir ;
Fraîche, brillante, éclose à peine.
Tout paraissait induire à la cueillir :
Il vous semblait,
Las ! qu'elle répandait
La plus aimable odeur.
Hélas ! etc.

J'en veux orner ma chevelure
Pour ajouter plus d'éclat à mon teint ;
Je ne sais quoi contre nature
Me repoussait quand j'y portais la main.
Mon cœur battait
Et en battant disait :
Le diable est sous la fleur !...
Hélas ! etc.

Cette rose, enchantée par le diable, livre la belle aux mauvais desseins de l'aumônier. Mais bientôt, reprenant ses sens, elle le menace de le dénoncer à son père, et le malheureux la fait taire d'un coup de poignard.

Cependant, on entend de loin la voix du comte qui cherche sa fille. Le diable alors s'approche du coupable sous la forme d'un bouc et lui dit : Monte, mon cher ami ; ne crains rien, mon fidèle serviteur.

Il monte, et, sans qu'il s'en étonne,
Il sent sous lui le diable détaler ;
Sur son chemin l'air s'empoisonne,
Et le terrain sous lui semble brûler.
En un instant
Il le plonge vivant
Au séjour de douleur !
Hélas ! ma bonne, hélas ! que j'ai grand'peur.

Le dénoûment de l'aventure est que sire Enguerrand, témoin de cette scène infernale, fait par hasard un signe de croix, ce qui dissipe l'apparition. Quant à la moralité, elle se borne à engager les femmes à se défier de leur vanité, et les hommes à se défier du diable.

Cette imitation des vieilles légendes catholiques, qui serait fort dédaignée aujourd'hui, était alors d'un effet assez neuf en littérature ; nos écrivains avaient longtemps obéi à ce précepte de Boileau, qui dit que la foi des chrétiens ne doit pas emprunter d'ornements à la poésie ; et, en effet, toute religion qui tombe dans le domaine des poëtes se dénature bientôt, et perd son pouvoir sur les âmes. Mais Cazotte, plus superstitieux que croyant, se préoccupait fort peu d'orthodoxie. D'ailleurs, le petit poëme dont nous venons de parler n'avait nulle prétention, et ne peut nous servir qu'à signaler les premières tendances de l'auteur du *Diable amoureux* vers une sorte de poésie fantastique, devenue vulgaire après lui.

On prétend que cette romance fut composée par Cazotte pour madame Poissonnier, son amie d'enfance, nourrice du duc de Bourgogne, et qui lui avait demandé des chansons qu'elle pût chanter pour endormir l'enfant royal. Sans doute il aurait pu choisir quelque sujet moins triste et moins chargé de visions mortuaires ; mais on verra que cet écrivain avait la triste destinée de pressentir tous les malheurs.

Une autre romance du même temps, intitulée « les Prouesses inimitables d'Ollivier, marquis d'Edesse », obtint aussi une grande vogue. C'est une imitation des anciens fabliaux chevaleresques, traitée encore dans le style populaire.

La fille du comte de Tours,
Hélas ! des maux d'enfant l'ont pris ;
Le comte, qui sait ses amours,
Sa fureur ne peut retenir :
Qu'on cherche mon page Ollivier,
Qu'on le mette en quatre quartiers...
— Commère, il faut chauffer le lit ;
N'entends-tu pas sonner minuit ?

Plus de trente couplets sont consacrés ensuite aux exploits du page Ollivier, qui, poursuivi par le comte sur terre et sur mer, lui sauve la vie plusieurs fois, lui disant à chaque rencontre :

« C'est moi qui suis votre page ! et maintenant me ferez-vous mettre en quartiers ?

— Ôte-toi de devant mes yeux ! » lui répond toujours l'obstiné vieillard, que rien ne peut fléchir ; et Ollivier se décide enfin à s'exiler de la France pour faire la guerre en Terre sainte,

Un jour, ayant perdu tout espoir, il veut mettre fin à ses peines ; un ermite du Liban le recueille chez lui, le console, et lui fait voir dans un verre d'eau, sorte de miroir magique, tout ce qui se passe dans le château de Tours ; comment sa maîtresse languit dans un cachot, « parmi la fange et les crapauds » ; comment son enfant a été perdu dans les bois, où il est allaité par une biche, et comment encore Richard, le duc des Bretons, a déclaré la guerre au comte de Tours et l'assiège dans son château. Ollivier repasse généreusement en Europe pour aller secourir le père de sa maîtresse, et arrive à l'instant où la place va capituler.

Voyez quels coups ils vont donnant,

Par la fureur trop animés,
Les assiégés aux assiégeants,
Les assiégeants aux assiégés ;
Las ! la famine est au château,
Il le faudra rendre bientôt.
— Commère, il faut chauffer le lit ;
N'entends-tu pas sonner minuit ?

Tout à coup, comme un tourbillon,
Voici venir mon Ollivier ;
De sa lance il fait deux tronçons
Pour pouvoir à deux mains frapper.
À ces coups-ci, mes chers Bretons,
Vous faut marcher à reculons !...
— Commère, il faut chauffer le lit ;
N'entends-tu pas sonner minuit ?

On voit que cette poésie simple ne manque pas d'un certain éclat ; mais ce qui frappa le plus alors les connaisseurs, ce fut le fond romanesque du sujet, où Moncrif, le célèbre historiographe des *Chats*, crut voir l'étoffe d'un poëme.

Cazotte n'était encore que l'auteur modeste de quelques fables et chansons ; le suffrage de l'académicien Moncrif fit travailler son imagination, et, à son retour à la Martinique, il traita le sujet d'Ollivier sous la forme du poëme en prose, entremêlant ses récits chevaleresques de situations comiques et d'aventures de féerie à la manière des Italiens. Cet ouvrage n'a pas une grande valeur littéraire, mais la lecture en est amusante et le style fort soutenu.

On peut rapporter au même temps la composition du *Lord impromptu*, nouvelle anglaise écrite dans le genre intime, et qui présente des détails pleins d'intérêt.

Il ne faut pas croire, du reste, que l'auteur de ces fantaisies ne prit point au sérieux sa position administrative ; nous avons sous les yeux un travail manuscrit qu'il adressa à M. de Choiseul pendant son ministère, et dans lequel il trace noblement les devoirs du commissaire de marine, et propose certaines améliorations dans le service avec une sollicitude qui fut sans doute appréciée. On peut ajouter qu'à l'époque où les Anglais attaquèrent la colonie, en 1749, Cazotte déploya une grande activité et même des connaissances stratégiques dans l'armement du fort Saint-Pierre. L'attaque fut repoussée, malgré la descente qu'opérèrent les Anglais.

Cependant la mort du frère de Cazotte le rappela une seconde fois en France comme héritier de tous ses biens, et il ne tarda pas à solliciter sa retraite : elle lui fut accordée dans les termes les plus honorables, et avec le titre de commissaire général de la marine.

II

IL ramenait en France sa femme Élisabeth, et commença par s'établir dans la maison de son frère à Pierry, près d'Épernay. Décidés à ne point retourner a la Martinique, Cazotte et sa femme avaient vendu tous leurs biens au P. Lavalette, supérieur de la maison des Jésuites, homme instruit avec lequel il avait entretenu, pendant son séjour aux colonies, des relations agréables. Celui-ci s'était acquitté en lettres de change sur la Compagnie des Jésuites à Paris.

Il y en avait pour cinquante mille écus ; il les présente, la Compagnie les laisse protester. Les supérieurs prétendirent que le P. Lavalette s'était livré à des spéculations dangereuses et qu'ils ne pouvaient reconnaître. Cazotte, qui avait engagé là tout le plus clair de son avoir, se vit réduit à plaider contre ses anciens professeurs, et ce procès, dont souffrit son cœur religieux et monarchique, fut l'origine de tous ceux qui fondirent ensuite sur la Société de Jésus et en amenèrent la ruine.

Ainsi commençaient les fatalités de cette existence singulière. Il n'est pas douteux que dès lors ses convictions religieuses plièrent de certains côtés. Le succès du poëme d'Ollivier l'encourageait à continuer d'écrire, il fit paraître le *Diable amoureux*.

Cet ouvrage est célèbre à divers titres ; il brille entre ceux de Cazotte par le charme et la perfection des détails ; mais il les surpasse tous par l'originalité de la conception. En France, à l'étranger surtout, ce livre a fait école et a inspiré bien des productions analogues.

Le phénomène d'une telle œuvre littéraire n'est pas indépendant du milieu social où il se produit ; l'*Âne d'or* d'Apulée, livre également empreint de mysticisme et de poésie, nous donne dans l'antiquité le modèle de ces sortes de créations. Apulée, l'initié du culte d'Isis, l'illuminé païen, à moitié sceptique, à moitié crédule, cherchant sous les débris des mythologies qui s'écroulent les traces de superstitions antérieures ou persistantes, expliquant la fable par le symbole, et le prodige par une vague définition des forces occultes de la nature, puis, un instant après, se raillant lui-même de sa crédulité, ou jetant çà et là quelque trait ironique qui déconcerte le lecteur prêt à le prendre au sérieux, c'est bien le chef de cette famille d'écrivains qui parmi nous peut encore compter glorieusement l'auteur de *Smarra*, ce rêve de l'antiquité, cette poétique réalisation des phénomènes les plus frappants du cauchemar.

Beaucoup de personnes n'ont vu dans le *Diable amoureux* qu'une sorte de conte bleu, pareil à beaucoup d'autres du même temps et digne de prendre place dans le *Cabinet des fées*. Tout au plus l'eussent-elles rangé dans la classe des contes allégoriques de Voltaire ; c'est justement comme si l'on comparait l'œuvre mystique d'Apulée aux facéties mythologiques de Lucien. L'*Âne d'or* servit longtemps de thème aux théories symboliques des philosophes alexandrins ; les chrétiens eux-mêmes respectaient ce livre, et saint Augustin le cite avec déférence comme l'expression poétisée d'un symbole religieux ; le *Diable amoureux* aurait quelque droit aux mêmes éloges, et marque un progrès singulier dans le talent, et la manière de l'auteur.

Ainsi cet homme, qui fut d'abord un poëte gracieux de l'école de Marot et de la Fontaine, puis un conteur naïf, épris tantôt de la couleur des vieux fabliaux français, tantôt du vif chatoiement de la fable orientale mise à la mode par le succès des Mille et une

Nuits ; suivant, après tout, les goûts de son siècle plus que sa propre fantaisie, le voilà qui s'est laissé aller au plus terrible danger de la vie littéraire, celui de prendre au sérieux ses propres inventions. Ce fut, il est vrai, le malheur et la gloire des grands écrivains de cette époque ; ils écrivaient avec leur sang, avec leurs larmes ; ils trahissaient sans pitié, au profit d'un public vulgaire, les mystères de leur esprit et de leur cœur ; ils jouaient leur rôle au sérieux, comme ces comédiens antiques qui fâchaient la scène d'un sang véritable pour les plaisirs du peuple roi. Mais qui se serait attendu, dans ce siècle d'incrédulité où le clergé lui-même a si peu défendu ses croyances, à rencontrer un poëte que l'amour du merveilleux purement allégorique entraîne peu à peu au mysticisme le plus sincère et le plus ardent ?

Les livres traitant de la cabale et des sciences occultes inondaient alors les bibliothèques ; les plus bizarres spéculations du moyen âge ressuscitaient sous une forme spirituelle et légère, propre à concilier à ces idées rajeunies la faveur d'un public frivole, à demi impie, à demi crédule, comme celui des derniers âges de la Grèce et de Rome. L'abbé de Villars, Dom Pernetty, le marquis d'Argens, popularisaient les mystères de l'*Œdipus Ægyptiacus* et les savantes rêveries des néoplatoniciens de Florence. Pic de la Mirandole et Marsile Ficin renaissaient tout empreints de l'esprit musqué du dix-huitième siècle, dans le *Comte de Gabalis*, les *Lettres cabalistiques* et autres productions de philosophie transcendante à la portée des salons. Aussi ne parlait-on plus que d'esprits élémentaires, de sympathies occultes, de charmes, de possessions, de migration des âmes, d'alchimie et de magnétisme surtout. L'héroïne du *Diable amoureux* n'est autre qu'un de ces lutins bizarres que l'on peut voir décrits à l'article *Incube* ou *Succube* dans le *Monde enchanté* de Bekker.

Le rôle un peu noir que l'auteur fait jouer en définitive à la charmante Biondetta suffirait à indiquer qu'il n'était pas encore initié, à cette époque, aux mystères des cabalistes ou des illuminés, lesquels ont toujours soigneusement distingué les esprits élémentaires, sylphes, gnomes, ondins ou salamandres, des noirs, suppôts de Belzébuth. Pourtant l'on raconte que peu de temps après la publication du *Diable amoureux*, Cazotte reçut la visite d'un mystérieux personnage au maintien grave, aux traits amaigris par l'étude, et dont un manteau brun drapait la stature imposante.

Il demanda à lui parler en particulier, et quand on les eut laissés seuls, l'étranger aborda Cazotte avec quelques signes bizarres, tels que les initiés en emploient pour se reconnaître entre eux.

Cazotte, étonné, lui demanda s'il était muet, et le pria d'expliquer mieux ce qu'il avait à dire. Mais l'autre changea seulement la direction de ses signes et se livra à des démonstrations plus énigmatiques encore.

Cazotte ne put cacher son impatience. — Pardon, monsieur, lui dit l'étranger, mais je vous croyais des nôtres et dans les plus hauts grades.

— Je ne sais ce que vous voulez dire, répondit Cazotte.

— Et sans cela, où donc auriez-vous puisé les pensées qui dominent dans votre *Diable amoureux* ?

— Dans mon esprit, s'il vous plaît.

— Quoi ! ces évocations dans les ruines, ces mystères de la cabale, ce pouvoir occulte d'un homme sur les esprits de l'air, ces théories si frappantes sur le pouvoir des nombres, sur la volonté, sur les fatalités de l'existence, vous auriez imaginé toutes ces choses ?

— J'ai lu beaucoup, mais sans doctrine, sans méthode particulière.

— Et vous n'êtes pas même franc-maçon ?

— Pas même cela.

— Eh bien, monsieur, soit par pénétration, soit par hasard, vous avez pénétré des secrets qui ne sont accessibles qu'aux initiés de premier ordre, et peut-être serait-il prudent désormais de vous abstenir de pareilles révélations.

— Quoi ! j'aurais fait cela ? s'écria Cazotte effrayé ; moi qui ne songeais qu'à divertir le public et à prouver seulement qu'il fallait prendre garde au diable !

— Et qui vous dit que notre science ait quelque rapport avec cet esprit des ténèbres ? Telle est pourtant la conclusion de votre dangereux ouvrage. Je vous ai pris pour un frère infidèle qui trahissait nos secrets par un motif que j'étais curieux de connaître… Et, puisque vous n'êtes en effet qu'un profane ignorant de notre but sublime, je vous instruirai, je vous ferai pénétrer plus avant dans les mystères de ce monde des esprits qui nous presse de toutes parts, et qui par l'intuition seule s'est déjà révélé à vous.

Cette conversation se prolongea longtemps ; les biographes varient sur les termes, mais tous s'accordent à signaler la subite révolution qui se fit dès lors dans les idées de Cazotte, adepte sans le savoir d'une doctrine dont il ignorait qu'il existât encore des représentants. Il avoua qu'il s'était montré sévère, dans son *Diable amoureux*, pour les cabalistes, dont il ne concevait qu'une idée fort vague, et que leurs pratiques n'étaient peut-être pas aussi condamnables qu'il l'avait supposé. Il s'accusa même d'avoir un peu calomnié ces innocents esprits qui peuplent et animent la région moyenne de l'air, en leur assimilant la personnalité douteuse d'un lutin femelle qui répond au nom de Belzébuth.

— Songez, lui dit l'initié, que le Père Kircher, l'abbé de Villars et bien d'autres casuistes ont démontré depuis longtemps leur parfaite innocence au point de vue chrétien. Les Capitulaires de Charlemagne en faisaient mention comme d'êtres appartenant à la hiérarchie céleste ; Platon et Socrate, les plus sages des Grecs, Origène, Porphyre et saint Augustin, ces flambeaux de l'Église, s'accordaient à distinguer le pouvoir des esprits élémentaires de celui des fils de l'abîme… Il n'en fallait pas tant pour convaincre Cazotte, qui, comme on le verra, devait plus tard appliquer ces idées non plus à ses livres, mais à sa vie, et qui s'en montra convaincu jusqu'à ses derniers moments.

Cazotte dut être d'autant plus porté à réparer la faute qui lui était signalée, que ce n'était pas peu de chose alors que d'encourir la haine des illuminés, nombreux, puissants, et divisés en une foule de sectes, sociétés et loges maçonniques, qui se correspondaient d'un bout à l'autre du royaume. Cazotte, accusé d'avoir révélé aux profanes les mystères de l'initiation, s'exposait au même sort qu'avait subi l'abbé de Villars, qui, dans le *Comte de Gabalis*, s'était permis de livrer à la curiosité publique, sous une forme à demi sérieuse, toute la doctrine des *rose-croix* sur le monde des esprits. Cet ecclésiastique fut trouvé un jour assassiné sur la route de Lyon, et l'on ne put accuser que les sylphes ou les gnomes de cette expédition. Cazotte opposa d'ailleurs d'autant moins de résistance aux conseils de l'initié qu'il était naturellement très-porté à ces sortes d'idées. Le vague que des études faites sans méthode répandaient dans sa pensée, le fatiguait lui-même, et il avait besoin de se rattacher à une doctrine complète. Celle des martinistes, au nombre desquels il se fit recevoir, avait été introduite en France par Martinez Pasqualis, et renouvelait simplement l'institution des rites cabalistiques du onzième siècle, dernier écho de la formule des gnostiques, où quelque chose de la métaphysique juive se mêle aux théories obscures des philosophes alexandrins.

L'école de Lyon, à laquelle appartenait dès lors Cazotte, professait, d'après Martinez, que l'intelligence et la volonté sont les seules forces actives de la nature, d'où il suit que, pour en modifier les phénomènes, il suffit de commander fortement et de vouloir. Elle ajoutait que, par la contemplation de ses propres idées et l'abstraction de tout ce qui tient au monde extérieur et au corps, l'homme pouvait s'élever à la notion parfaite de l'essence universelle et à cette domination des *esprits* dont le secret était contenu dans la *Triple contrainte de l'enfer*, conjuration toute-puissante à l'usage des cabalistes du moyen âge.

Martinez, qui avait couvert la France de loges maçonniques selon son rite, était allé mourir à Saint-Domingue ; la doctrine ne put se conserver pure, et se modifia bientôt en admettant les idées de Swedenborg et de Jacob Boehm, qu'on eut de la peine à réunir dans le même symbole. Le célèbre Saint-Martin, l'un des néophytes les plus ardents et les plus jeunes, se rattacha particulièrement aux principes de ce dernier. À cette époque, l'école de Lyon s'était fondue déjà dans la Société des Philalèthes, où Saint-Martin refusa d'entrer, disant qu'ils s'occupaient plus de la science des *âmes* d'après Swedenborg, que de celle des *esprits* d'après Martinez.

Plus tard, parlant de son séjour parmi les illuminés de Lyon, cet illustre théosophe disait : « Dans l'école où j'ai passé il y a vingt-cinq ans, les *communications* de tout genre étaient fréquentes ; j'en ai eu ma part comme beaucoup d'autres. Les manifestations du signe du *Réparateur* y étaient visibles : j'y avais été préparé par des initiations. Mais, ajoute-t-il, le danger de ces initiations est de livrer l'homme à des *esprits violents* ; et je ne puis répondre que les formes qui se communiquaient à moi ne fussent, pas des formes d'emprunt. »

Le danger que redoutait Saint-Martin fut précisément celui où se livra Cazotte, et qui causa peut-être les plus grands malheurs de sa vie. Longtemps encore ses croyances furent douces et tolérantes, ses visions riantes et claires ; ce fut dans ces quelques années qu'il composa de nouveaux contes arabes qui, longtemps confondus avec les Mille et une Nuits, dont ils formaient la suite, n'ont pas valu à leur auteur toute la gloire qu'il en devait retirer.

Les principaux sont *la Dame inconnue, le Chevalier, l'Ingrat puni, le Pouvoir du Destin, Simoustapha, le Calife voleur*, qui a fourni le sujet du *Calife de Bagdad, l'Amant des étoiles et le Magicien* ou *Maugraby*, ouvrage plein de charme descriptif et d'intérêt.

Ce qui domine dans ces compositions, c'est la grâce et l'esprit des détails ; quant à la richesse de l'invention, elle ne le cède pas aux contes orientaux eux-mêmes, ce qui s'explique en partie d'ailleurs par le fait que plusieurs sujets originaux avaient été communiqués à l'auteur par un moine arabe nommé Dom Chavis.

La théorie des esprits élémentaires, si chère à toute imagination mystique, s'applique également, comme on sait, aux croyances de l'Orient, et les pâles fantômes perçus dans les brumes du Nord au prix de l'hallucination et du vertige, semblent se teindre là-bas des feux et des couleurs d'une atmosphère splendide et d'une nature enchantée. Dans son conte du *Chevalier*, qui est un véritable poëme, Cazotte réalise surtout le mélange de l'invention romanesque et d'une distinction des bons et des mauvais esprits, savamment renouvelée des cabalistes de l'Orient. Les génies lumineux, soumis à Salomon, livrent force combats à ceux de la suite d'*Éblis* ; les talismans, les conjurations, les anneaux constellés, les miroirs magiques, tout cet enchevêtrement merveilleux des fatalistes arabes s'y noue et s'y dénoue avec ordre et clarté. Le héros a quelques traits de l'Initié égyptien du roman de *Séthos*, qui alors obtenait un succès prodigieux. Le passage où il traverse, à travers mille dangers, la montagne de Caf, palais éternel de Salomon, roi des génies, est la version asiatique des épreuves d'Isis ; ainsi, la préoccupation des mêmes idées apparaît encore sous les formes les plus diverses.

Ce n'est pas à dire qu'un grand nombre des ouvrages de Cazotte n'appartienne à la littérature ordinaire. Il eut quelque réputation comme fabuliste, et dans la dédicace qu'il fit de son volume de fables à l'Académie de Dijon, il eut soin de rappeler le souvenir d'un de ses aïeux, qui, du temps de Marot et de Ronsard, avait contribué aux progrès de la poésie française. À l'époque où Voltaire publiait son poëme intitulé *la Guerre de Genève*, Cazotte eut l'idée plaisante d'ajouter aux premiers chants du poëme inachevé un septième chant écrit dans le même style, et que l'on crut de Voltaire lui-même.

Nous n'avons pas parlé de ses chansons, qui portent l'empreinte d'un esprit tout particulier. Rappellerons-nous la plus connue, intitulée : Ô mai, joli mois de mai :

Pour le premier jour de mai,
Soyez bien réveillée !
Je vous apporte un bouquet,
Tout de giroflée.
Un bouquet cueilli tout frais,
Tout plein de rosée.

Tout continue sur ce ton. C'est une délicieuse peinture d'éventail, qui se déploie avec les grâces naïves et maniérées tout à la fois du bon vieux temps.

Pourquoi ne citerions-nous pas encore la charmante ronde « *Toujours vous aimer ;* » et surtout la villanelle si gaie, dont voici quelques couplets :

Que de maux soufferts,
Vivant dans vos fers, Thérèse !
Que de maux soufferts,
Vivant dans vos fers !

Si vers les genoux
Mes bas ont des trous, Thérèse,
À vos pieds je les fis tous,
Ainsi qu'on se prenne à vous !
Que de maux, etc.

Et mes cinq cents francs
Que j'avais comptant, Thérèse ?
Il n'en reste pas six blancs ;
Et qui me rendra mon temps ?
Que de maux, etc.

Vous avez vingt ans,
Et mille agréments, Thérèse ;
Mais aucun de vos amants
Ne vous dira dans vingt ans :
Que de maux, etc.

Nous avons dit que l'Opéra-Comique devait à Cazotte le sujet du *Calife de Bagdad* ; son *Diable amoureux* fut représenté aussi sous cette forme avec le titre de l'*Infante de Zamora.* Ce fut à ce sujet sans doute qu'un de ses beaux-frères, qui était venu passer quelques jours à sa campagne de Pierry, lui reprochait de ne point tenter le théâtre, et lui vantait les opéras bouffons comme des ouvrages d'une grande difficulté : « Donnez-moi un mot, dit Cazotte, et demain matin j'aurai fait une pièce de ce genre à laquelle il ne manquera rien. « Le beau-frère voit entrer un paysan avec des sabots : « Eh, bien, *sabots !* s'écria-t-il ; faites une pièce sur ce mot-là. Cazotte demanda à rester seul ; mais un personnage singulier, qui justement faisait partie ce soir-là de la réunion, s'offrit à faire la musique à mesure que Cazotte écrirait l'opéra. C'était Rameau, le neveu du grand musicien, dont Diderot a raconté la vie fantasque dans ce dialogue qui est un chef-d'œuvre, et la seule satire moderne qu'on puisse opposer à celle de Pétrone.

L'opéra fut fait dans la nuit, adressé à Paris, et représenté bientôt à la Comédie italienne, après avoir été retouché par Marsollier et Duni, qui y daignèrent mettre leur nom. Cazotte n'obtint pour droits d'auteur que ses entrées, et le neveu de Rameau, ce génie incompris, demeura obscur comme par le passé. C'était bien d'ailleurs le musicien qu'il fallait à Cazotte, qui a dû sans doute bien des idées étranges à ce bizarre compagnon.

Le portrait qu'il en fait dans sa préface de la seconde *Raméide*, poëme héroï-comique composé en l'honneur de son ami, mérite d'être conservé, autant comme morceau de style que comme note utile à compléter la piquante analyse morale et littéraire de Diderot.

« C'est l'homme le plus plaisant, par nature, que j'aie connu ; il s'appelait Rameau, était neveu du célèbre musicien, avait été mon camarade au collège, et avait pris pour moi une amitié qui ne s'est jamais démentie, ni de sa part ni de la mienne. Ce personnage, l'homme le plus extraordinaire de notre temps, était né avec un talent naturel dans plus d'un genre, que le défaut d'assiette de son esprit ne lui permit jamais de cultiver. Je ne puis comparer son genre de plaisanterie qu'à celui que déploie le docteur Sterne dans son *Voyage sentimental*. Les saillies de Rameau étaient des saillies d'instinct d'un genre si particulier, qu'il est nécessaire de les peindre pour essayer de les rendre. Ce n'étaient point des bons mots, c'étaient des traits qui semblaient partir de la plus profonde connaissance du cœur humain. Sa physionomie, qui était vraiment burlesque, ajoutait un piquant extraordinaire à ces saillies, d'autant moins attendues de sa part, que, d'habitude, il ne faisait que déraisonner. Ce personnage, né musicien, autant et plus peut-être que son oncle, ne put jamais s'enfoncer dans les profondeurs de l'art ; mais il était né plein de chant et avait l'étrange facilité d'en trouver, impromptu, de l'agréable et de l'expressif, sur quelques paroles qu'on voulût lui donner ; seulement il eût fallu qu'un véritable artiste eût arrangé et corrigé ses phrases, et composé ses partitions. Il était de figure aussi horriblement que plaisamment laid, très-souvent ennuyeux, parce que son génie l'inspirait rarement ; mais si sa verve le servait, il faisait rire jusqu'aux larmes. Il vécut pauvre, ne pouvant suivre aucune profession. Sa pauvreté absolue lui faisait honneur dans mon esprit. Il n'était pas né absolument sans fortune, mais il eût fallu dépouiller son père du bien de sa mère, et il se refusa à l'idée de réduire à la misère l'auteur de ses jours, qui s'était remarié et avait des enfants. Il a donné dans plusieurs autres occasions des preuves de la bonté de son cœur. Cet homme singulier vécut passionné pour la gloire, qu'il ne pouvait acquérir dans aucun genre… Il est mort dans une maison religieuse, où sa famille l'avait placé, après quatre ans de retraite qu'il avait prise en gré, et ayant gagné le cœur de tous ceux qui d'abord n'avaient été que ses geôliers. »

Les lettres de Cazotte sur la musique, dont plusieurs sont des réponses à la lettre de J. J. Rousseau sur l'Opéra, se rapportent à cette légère incursion dans le domaine lyrique. La plupart de ces écrits sont anonymes, et ont été recueillis depuis comme pièces diplomatiques de la guerre de l'Opéra. Quelques-unes sont certaines, d'autres douteuses. Nous serions bien étonné s'il fallait ranger parmi ces dernières le « Petit prophète de Bœhmischbroda, » fantaisie d'un esprit tout particulier, qui complèterait au besoin l'analogie marquée de Cazotte et d'Hoffmann.

C'était encore la belle époque de la vie de Cazotte ; voici le portrait qu'a donné Charles Nodier de cet homme célèbre, qu'il avait vu dans sa jeunesse :

« À une extrême bienveillance, qui se peignait dans sa belle et heureuse physionomie, à une douceur tendre que ses yeux bleus encore fort animés exprimaient de la manière la plus séduisante, M. Cazotte joignait le précieux talent de raconter mieux qu'homme du monde des histoires, tout à la fois étranges et naïves, qui tenaient de la réalité la plus commune par l'exactitude des circonstances et de la féerie par le merveilleux. Il avait reçu de la nature un don particulier pour voir les choses sous leur aspect fantastique, et l'on sait si j'étais organisé de manière à jouir avec délices de ce genre d'illusion. Aussi, quand un pas grave se faisait entendre à intervalles égaux sur les dalles de l'autre chambre ; quand sa porte s'ouvrait avec une lenteur méthodique, et laissait percer la lumière d'un fallot porté par un vieux domestique moins ingambe que le maître, et que M. Cazotte appelait gaiement son *pays* ; quand M. Cazotte paraissait lui-même avec son chapeau triangulaire, sa longue redingote de camelot vert bordée d'un petit galon, ses souliers à bouts carrés fermés très-avant sur le pied par une forte agrafe d'argent, et sa haute canne à pomme d'or, je ne manquais jamais de courir à lui avec les témoignages d'une folle joie, qui était encore augmentée par ses caresses. »

Charles Nodier met ensuite dans sa bouche un de ces récits mystérieux qu'il se plaisait à faire dans le monde, et qu'on écoutait avidement. Il s'agit de la longévité de Marion Delorme, qu'il disait avoir vue quelques jours avant sa mort, âgée de près d'un siècle et demi, ainsi que semblent le constater d'ailleurs son acte de baptême et son acte mortuaire conservés à Besançon. En admettant cette question fort controversée de l'âge de Marion Delorme, Cazotte pouvait l'avoir vue étant âgé de vingt et un ans. C'est ainsi qu'il disait pouvoir transmettre des détails inconnus sur la mort de Henri IV, à laquelle Marion Delorme avait pu assister.

Mais le monde était plein alors de ces causeurs amis du merveilleux ; le comte de Saint-Germain et *Cagliostro* tournaient toutes les cervelles, et Cazotte n'avait peut-être de plus que son génie littéraire et la réserve d'une honnête sincérité. Si pourtant nous devons ajouter foi à la prophétie célèbre rapportée dans les Mémoires de La Harpe, il aurait joué seulement le rôle fatal de Cassandre, et n'aurait pas eu tort, comme on le lui reprochait, *d'être toujours sur le trépied.*

III

IL me semble, dit La Harpe, que c'était hier, et c'était

cependant au commencement de 1788. Nous étions à table chez un de nos confrères à l'Académie, grand seigneur et homme d'esprit ; la compagnie était nombreuse et de tout état, gens de robe, gens de cour, gens de lettres, académiciens, etc. On avait fait grande chère comme de coutume. Au dessert, les vins de Malvoisie et de Constance ajoutaient à la gaieté de la bonne compagnie cette sorte de liberté qui n'en gardait pas toujours le ton : on en était venu alors dans le monde au point où tout est permis pour faire rire.

Champfort nous avait lu de ses contes impies et libertins, et les grandes dames avaient écouté sans avoir même recours à l'éventail. De là un déluge de plaisanteries sur la religion : et d'applaudir. Un convive se lève, et tenant son verre plein : « Oui, messieurs, s'écrie-t-il, je suis aussi *sûr qu'il n'y a pas de Dieu*, que je suis sûr qu'Homère est un sot. » En effet, il était sûr de l'un comme de l'autre ; et l'on avait parlé d'Homère et de Dieu, et il y avait là des convives qui avaient dit du bien de l'un et de l'autre.

La conversation devient plus sérieuse ; on se répand en admiration sur la *révolution qu'avait faite Voltaire*, et l'on convient que c'est là le premier titre de sa gloire : « Il a donné le ton à son siècle, et s'est fait lire dans l'antichambre comme dans le salon. »

Un des convives nous raconta, en pouffant de rire, que son coiffeur lui avait dit, tout en le poudrant : « *Voyez-vous, monsieur, quoique je ne sois qu'un misérable carabin, je n'ai pas plus de religion qu'un autre.* »

On en conclut que la révolution ne tardera pas à se consommer ; qu'il faut absolument que la *superstition et le fanatisme fassent place à la philosophie*, et l'on en est à calculer la probabilité de l'époque, et quels seront ceux de la société qui verront *le règne de la raison*. Les plus vieux se plaignent de ne pouvoir s'en flatter ; les jeunes se réjouissent d'en avoir une espérance très-vraisemblable ; et l'on félicitait surtout l'Académie d'avoir préparé le grand œuvre, et d'avoir été le chef-lieu, le centre, le *mobile de la liberté de penser*.

Un seul des convives n'avait point pris de part à toute la joie de cette conversation, et avait même laissé tomber tout doucement quelques plaisanteries sur notre bel enthousiasme : c'était *Cazotte*, homme aimable et original, mais malheureusement infatué des rêveries des *illuminés*. Son héroïsme l'a depuis rendu à jamais illustre.

Il prend la parole, et du ton le plus sérieux : « Messieurs, dit-il, soyez satisfaits ; vous verrez tous *cette grande et sublime révolution* que vous désirez tant. Vous savez que je suis un peu prophète, je vous répète, *vous la verrez.* »

On lui répond par le refrain connu : « *Faut pas être grand sorcier pour ça.* — Soit, mais peut-être faut-il l'être un peu plus pour ce qui me reste à vous dire. Savez-vous ce qui arrivera de cette *révolution*, ce qui en arrivera pour tous tant que vous êtes ici, et ce qui en sera la suite immédiate, l'effet bien prouvé, la conséquence bien reconnue ?

— Ah ! voyons, dit Condorcet avec son air sournois et niais ; un philosophe n'est pas fâché de rencontrer un prophète.

— *Vous, monsieur de Condorcet, vous expirerez étendu sur le pavé d'un cachot*, vous mourrez du poison que vous aurez pris pour vous dérober au bourreau ; du poison que le bonheur de ce temps-là vous forcera de porter toujours sur vous. »

Grand étonnement d'abord ; mais on se rappelle que le bon Cazotte est sujet à rêver tout éveillé, et l'on rit de plus belle.

« Monsieur Cazotte, le conte que vous faites ici n'est pas si plaisant que votre *Diable amoureux* ; mais quel diable vous a mis dans la tête ce *cachot*, ce *poison* et ces *bourreaux ?* Qu'est-ce que tout cela peut avoir de commun avec *la philosophie et le règne de la raison ?*

— C'est précisément ce que je vous dis : c'est au nom de la philosophie, de l'humanité, de la liberté, c'est sous le règne de la raison qu'il vous arrivera de finir ainsi, et ce sera bien le règne de la raison, car alors *elle aura des temples*, et même il n'y aura plus dans toute la France, en ce temps-là, que des *temples de la Raison*.

— Par ma foi, dit Champfort avec le rire du sarcasme, vous ne serez pas un des prêtres de ces temples-là.

— Je l'espère ; mais vous, *monsieur de Champfort*, qui en serez un, et très-digne de l'être, *vous vous couperez les veines* de vingt-deux coups de rasoir, et pourtant vous n'en mourrez que quelques mois après. »

On se regarde et on rit encore. « *Vous, monsieur Vicq-d'Azir*, vous ne vous ouvrirez pas les veines vous-même ; mais, après vous les avoir fait ouvrir six fois dans un jour, après un accès de goutte pour être plus sûr de votre fait, vous mourrez dans la nuit. *Vous, monsieur de Nicolaï*, vous mourrez sur l'échafaud ; *vous, monsieur Bailly*, sur l'échafaud…

— Ah ! Dieu soit béni ! dit Roucher, il paraît que monsieur n'en veut qu'à l'Académie ; il vient d'en faire une terrible exécution ; et moi, grâce au ciel…

— Vous ! vous mourrez aussi sur l'échafaud.

— Oh ! c'est une gageure, s'écrie-t-on de toute part, il a juré de tout exterminer.

— Non, ce n'est pas moi qui l'ai juré.

— Mais nous serons donc subjugués par les Turcs et les Tartares ? et encore !…

— Point du tout, je vous l'ai dit : vous serez alors gouvernés par la seule *philosophie*, par la seule *raison*. Ceux qui vous traiteront ainsi seront tous des *philosophes*, auront à tout moment dans la bouche toutes les mêmes phrases que vous débitez depuis une heure, répéteront toutes vos maximes, citeront tout comme vous les vers de Diderot et de la *Pucelle*… »

On se disait à l'oreille : « Vous voyez bien qu'*il est fou* (car il gardait le plus grand sérieux). Est-ce que vous ne voyez pas qu'il plaisante ? et vous savez qu'il entre toujours du merveilleux dans ses plaisanteries.

— Oui, reprit Champfort ; mais son merveilleux n'est pas gai ; il est trop patibulaire. Et quand tout cela se passera-t-il ?

— *Six ans ne se passeront pas que tout ce que je vous dis ne soit accompli…*

— Voilà bien des miracles (et cette fois c'était moi-même qui parlais) ; et vous ne m'y mettez pour rien ?

— Vous y serez pour un miracle tout au moins aussi extraordinaire : vous serez alors chrétien. « Grandes exclamations. « Ah ! reprit Champfort, je suis rassuré ; si nous ne devons périr que quand La Harpe sera chrétien, nous sommes immortels.

— Pour ça, dit alors madame la duchesse de Grammont, nous sommes bien heureuses, nous autres femmes, de n'être pour rien dans les *révolutions*. Quand je dis pour rien, ce n'est pas que nous ne nous en mêlions toujours un peu ; mais il est reçu qu'on ne s'en prend pas à nous, et notre sexe…

— *Votre sexe, mesdames, ne vous en défendra pas cette fois* ; et vous aurez beau ne vous mêler de rien, vous serez traitées tout comme les hommes, sans aucune différence quelconque.

— Mais qu'est-ce que vous nous dites donc là, monsieur Cazotte ? C'est la fin du monde que vous nous prêchez.

— Je n'en sais rien ; mais ce que je sais, c'est que vous, madame la duchesse, vous serez conduite à l'échafaud, vous et beaucoup d'autres dames avec vous, dans la charrette du bourreau, et les mains liées derrière le dos.

— Ah ! j'espère que, dans ce cas-là, j'aurai du moins un carrosse drapé de noir.

— Non, madame, de plus grandes dames que vous iront comme vous en charrette, et les mains liées comme vous.

— De plus grandes dames ! quoi ! *les princesses du sang ?*

— *De plus grandes dames encore…* » Ici un mouvement très-sensible dans toute la compagnie, et la figure du maître se rembrunit. On commençait à trouver que la plaisanterie était forte.

Madame de Grammont, pour dissiper le nuage, n'insista pas sur cette dernière réponse, et se contenta de dire, du ton le plus léger : « *Vous verrez qu'il ne me laissera pas seulement un confesseur !*

— *Non, madame, vous n'en aurez pas, ni personne. Le dernier supplicié qui en aura un par grâce, sera…* »

Il s'arrêta un moment. « Eh bien, quel est donc l'heureux mortel qui aura cette prérogative ? — C'est la seule qui lui restera : et ce sera *le Roi de France*. »

Le maître de la maison se leva brusquement, et tout le monde avec lui. Il alla vers M. Cazotte, et lui dit avec un ton pénétré : « Mon cher monsieur Cazotte, c'est assez faire durer cette facétie lugubre ; vous la poussez trop loin, et jusqu'à compromettre la société où vous êtes, et vous-même. » Cazotte ne répondit rien, et se disposait à se retirer, quand madame de Grammont, qui voulait toujours éviter le sérieux et ramener la gaieté, s'avança vers lui :

« Monsieur le prophète, qui nous dites à tous notre bonne aventure, vous ne dites rien de la vôtre. »

Il fut quelque temps en silence et les yeux baisses :

« Madame, avez-vous lu le siége de Jérusalem, dans Josèphe ?

— Oh ! sans doute ; qu'est-ce qui n'a pas lu ça ? Mais faites comme si je ne l'avais pas lu.

— Eh bien, madame, pendant ce siége, un homme fit sept jours de suite le tour des remparts, à la vue des assiégeants et des assiégés, criant incessamment d'une voix sinistre et tonnante : *Malheur à Jérusalem ! Malheur à moi-même !* Et dans le moment une pierre énorme, lancée par les machines ennemies, l'atteignit et le mit en pièces. »

Et après cette réponse, M. Cazotte fit sa révérence et sortit.

Tout en n'accordant à ce document qu'une confiance relative, et en nous rapportant à la sage opinion de Charles Nodier, qui dit qu'à l'époque où a eu heu cette scène, il n'était peut-être pas difficile de prévoir que la révolution qui venait choisirait ses victimes dans la plus haute société d'alors, et dévorerait ensuite ceux-là même qui l'auraient créée, nous allons rapporter un singulier passage qui se trouve dans le poëme d'Ollivier, publié justement trente ans avant 93, et dans lequel on remarquera une préoccupation de têtes coupées qui peut bien passer, mais plus vaguement, pour une hallucination prophétique.

« Il y a environ quatre ans que nous fûmes attirés l'un et l'autre par des enchantements dans le palais de la fée Bagasse. Cette dangereuse sorcière, voyant avec chagrin le progrès des armes chrétiennes en Asie, voulut les arrêter en tendant des pièges aux chevaliers défenseurs de la foi. Elle construisit non loin d'ici un palais superbe. Nous mîmes malheureusement le pied sur les avenues : alors, entraînés par un charme, quand nous croyions ne l'être que par la beauté des lieux, nous parvînmes jusque dans un péristyle qui était à l'entrée du palais ; mais nous y étions à peine, que le marbre sur lequel nous marchions, solide en apparence, s'écarte et fond sous nos pas : une chute imprévue nous précipite sous le mouvement d'une roue armée de fers tranchants, qui séparent en un clin d'œil toutes les parties de notre corps les unes des autres ; et ce qu'il y eut de plus étonnant, c'est que la mort ne suivit pas une aussi étrange dissolution.

» Entraînées par leur propre poids, les parties de notre corps tombèrent dans une fosse profonde, et s'y confondirent dans une multitude de membres entassés. Nos têtes roulèrent comme des boules. Ce mouvement extraordinaire ayant achevé d'étourdir le peu de raison qu'une aventure aussi surnaturelle m'avait laissée, je n'ouvris les yeux qu'au bout de quelque temps, et je vis que ma tête était rangée sur des gradins à côté et vis-à-vis de huit cents autres têtes des deux sexes, de tout âge et de tout coloris. Elles avaient conservé l'action des yeux et de la langue, et surtout un mouvement dans les mâchoires qui les faisait bâiller presque continuellement. Je n'entendais que ces mots, assez mal articulés : — Ah ! quels ennuis ! cela est désespérant.

» Je ne pus résister à l'impression que faisait sur moi la condition générale, et me mis à bâiller comme les autres.

— Encore une bâilleuse de plus, dit une grosse tête de femme, placée vis-à-vis de la mienne ; on n'y saurait tenir, j'en mourrai ; et elle se remit à bâiller de plus belle.

— Au moins cette bouche-ci a de la fraîcheur, dit une autre tête, et voilà des dents d'émail. Puis, m'adressant la parole : — Madame, peut-on savoir le nom de l'aimable compagne d'infortuné que nous a donnée la fée Bagasse ?

» J'envisageai la tête qui m'adressait la parole : c'était celle d'un homme. Elle n'avait point de traits, mais un air de vivacité et d'assurance, et quelque chose d'affecté dans la prononciation.

» Je voulus répondre : — Seigneur, j'ai un frère… Je n'eus

pas le temps d'en dire davantage. — Ah ! ciel ! s'écria la tête femelle qui m'avait apostrophé la première, voici encore une conteuse et une histoire ; nous n'avons pas été assez assommés de récits. Bâillez, madame, et laissez là votre frère. Qui est-ce qui n'a pas de frères ? Sans ceux que j'ai, je régnerais paisiblement et ne serais pas où je me trouve.

— Seigneur, dit la grosse tête apostrophée, vous vous faites connaître bien tôt pour ce que vous êtes, pour la plus mauvaise tête…

— Ah ! interrompit l'autre, si j'avais seulement mes membres…

— Et moi, dit l'adversaire, si j'avais seulement mes mains… Et d'ailleurs, me disait-il, vous pouvez vous apercevoir que ce qu'il dit ne saurait passer le nœud de la gorge.

— Mais, disais-je, ces disputes-ci vont trop loin…

— Eh ! non, laissez-nous faire ; ne vaut-il pas mieux se quereller que de bâiller ? À quoi peuvent s'occuper des gens qui n'ont que des oreilles et des yeux, qui vivent ensemble face à face depuis un siècle, qui n'ont nulle relation ni n'en peuvent former d'agréables, à qui la médisance même est interdite, faute de savoir de qui parler pour se faire entendre, qui…

» Il en eût dit davantage ; mais voilà que tout à coup il nous prend une violente envie d'éternuer tous ensemble ; un instant après, une voix rauque, partant on ne sait d'où, nous ordonne de chercher nos membres épars ; en même temps nos têtes roulent vers l'endroit où ils étaient entassés. »

N'est-il pas singulier de rencontrer dans un poëme héroï-comique de la jeunesse de l'auteur, cette sanglante rêverie de têtes coupées, de membres séparés du corps, étrange association d'idées qui réunit des courtisans, des guerriers, des femmes, des petits-maîtres, dissertant et plaisantant sur des détails de supplice, comme le feront plus tard à la Conciergerie ces seigneurs, ces femmes, ces poëtes, contemporains de Cazotte, dans le cercle desquels il viendra à son tour apporter sa tête, en tâchant de sourire et de plaisanter comme les autres des fantaisies de cette fée sanglante, qu'il n'avait pas prévu devoir s'appeler un jour la

Révolution !

IV

Nous venons d'anticiper sur les événements : parvenu aux deux tiers à peine de la vie de notre écrivain, nous avons laissé entrevoir une scène de ses derniers jours ; à l'exemple de l'illuminé lui-même, nous avons uni d'un trait l'avenir et le passé.

Il entrait dans notre plan, du reste, d'apprécier tour à tour Cazotte comme littérateur et comme philosophe mystique ; mais si la plupart de ses livres portent l'empreinte de ses préoccupations relatives à la science des cabalistes, il faut dire que l'intention dogmatique y manque généralement ; Cazotte ne paraît pas avoir pris part aux travaux collectifs des illuminés martinistes, mais s'être fait seulement d'après leurs idées une règle de conduite particulière et personnelle. On aurait tort d'ailleurs de confondre cette secte avec les institutions maçonniques de l'époque, bien qu'il y eût entre elles certains rapports de forme extérieure ; les Martinistes admettaient la chute des anges, le péché originel, le Verbe réparateur, et ne s'éloignaient sur aucun point essentiel des dogmes de l'Église.

Saint-Martin, le plus illustre d'entre eux, est un spiritualiste chrétien à la manière de Malebranche. Nous avons dit plus haut qu'il avait déploré l'intervention d'*esprits violents* dans le sein de la secte lyonnaise. De quelque manière qu'il faille entendre cette expression, il est évident que la société prit dès lors une tendance politique qui éloigna d'elle plusieurs de ses membres. Peut-être a-t-on exagéré l'influence des illuminés tant en Allemagne qu'en France, mais on ne peut nier qu'ils n'aient eu une grande action sur la révolution française et dans le sens de son mouvement. Les sympathies monarchiques de Cazotte l'écartèrent de cette direction et l'empêchèrent de soutenir de son talent une doctrine qui tournait autrement qu'il n'avait pensé.

Il est triste de voir cet homme, si bien doué comme écrivain et comme philosophe, passer les dernières années de sa vie dans le dégoût de la vie littéraire et dans le pressentiment d'orages politiques qu'il se sentait impuissant à conjurer. Les fleurs de son imagination se sont flétries ; cet esprit d'un tour si clair et si français, qui donnait une forme heureuse à ses inventions les plus singulières, n'apparaît que rarement dans la correspondance politique qui fut la cause de son procès et de sa mort. S'il est vrai qu'il ait été donné à quelques âmes de prévoir les événements sinistres, il faut y reconnaître plutôt une faculté malheureuse qu'un don céleste, puisque, pareilles à la Cassandre antique, elles ne peuvent ni persuader les autres ni se préserver elles-mêmes.

Les dernières années de Cazotte dans sa terre de Pierry en Champagne présentent cependant encore quelques tableaux de bonheur et de tranquillité dans la vie de famille. Retiré du monde littéraire, qu'il ne fréquentait plus que pendant de courts voyages à Paris, échappé au tourbillon plus animé que jamais des sectes philosophiques et mystiques de toutes sortes, père d'une fille charmante et de deux fils pleins d'enthousiasme et de cœur comme lui, le bon Cazotte semblait avoir réuni autour de lui toutes les conditions d'un avenir tranquille ; mais les récits des personnes qui l'ont connu à cette époque le montrent toujours assombri des nuages qu'il pressent au delà d'un horizon tranquille.

Un gentilhomme, nommé de Plas, lui avait demandé la main de sa fille Élisabeth ; ces deux jeunes gens s'aimaient depuis longtemps, mais Cazotte retardait sa réponse définitive et leur permettait seulement d'espérer. Un auteur gracieux et plein de charme, Anna-Marie, a raconté quelques détails d'une visite faite à Pierry par madame d'Argèle, amie de cette famille. Elle peint l'élégant salon au rez-de-chaussée, embaumé des parfums d'une plante des colonies rapportée par madame Cazotte, et qui recevait du séjour de cette excellente personne un caractère particulier d'élégance et d'étrangeté. Une femme de couleur travaillant près d'elle, des oiseaux d'Amérique, des curiosités rangées sur les meubles, témoignaient, ainsi que sa mise et sa coiffure, d'un tendre souvenir pour sa première patrie. « Elle avait été parfaitement jolie et l'était encore, quoiqu'elle eût alors de grands enfants. Il y avait en elle cette grâce négligée et un peu nonchalante des créoles, avec un léger accent donnant à son langage un ton tout à la fois d'enfance et de caresse qui la rendait très-attrayante. Un petit chien bichon était couché sur un carreau près d'elle ; on l'appelait *Biondetta*, comme la petite épagneule du Diable amoureux. »

Une femme âgée, grande et majestueuse, la marquise de la Croix, veuve d'un grand seigneur espagnol, faisait partie de la famille et y exerçait une influence due au rapport de ses idées et de ses convictions avec celles de Cazotte. C'était depuis longues années l'une des adeptes de Saint-Martin, et l'illuminisme l'unissait aussi à Cazotte de ces liens tout intellectuels que la doctrine regardait comme une sorte d'anticipation de la vie future. Ce second mariage mystique, dont l'âge de ces deux personnes écartait toute idée d'inconvenance, était moins pour madame Cazotte un sujet de chagrin que d'inquiétude conçue au point de vue d'une raison tout humaine touchant l'agitation de ces nobles esprits. Les trois enfants, au contraire, partageaient sincèrement les idées de leur père et de sa vieille amie.

Nous nous sommes déjà prononcé sur cette question ; mais, pourtant, faudrait-il accepter toujours les leçons de ce bon sens vulgaire qui marche dans la vie sans s'inquiéter des sombres mystères de l'avenir et de la mort ? La destinée la plus heureuse tient-elle à cette imprévoyance qui reste surprise et désarmée devant l'événement funeste, et qui n'a plus que des pleurs et des cris à opposer aux coups tardifs du malheur ? Madame Cazotte est de toutes ces personnes celle qui devait le plus souffrir ; pour les autres, la vie ne pouvait plus être qu'un combat, dont les chances étaient douteuses, mais la récompense assurée.

Il n'est pas inutile, pour compléter l'analyse des théories que l'on retrouvera plus loin dans quelques fragments de la correspondance qui fut le sujet du procès de Cazotte, d'emprunter encore quelques opinions de ce dernier au récit d'Anna-Marie :

« Nous vivons tous, disait-il, parmi les esprits de nos pères ; le monde invisible nous presse de tous côtés… il y a là sans cesse des amis de notre pensée qui s'approchent familièrement de nous. Ma fille a ses anges gardiens ; nous avons tous les nôtres. Chacune de nos idées, bonnes ou mauvaises, met en mouvement quelque esprit qui leur correspond, comme chacun des mouvements de notre corps ébranle la colonne d'air que nous supportons. Tout est plein, tout est vivant dans ce monde, où, depuis le péché, des voiles obscurcissent la matière… Et moi, par une initiation que je n'ai point cherchée et que souvent je déplore, je les ai soulevés comme le vent soulève d'épais brouillards. Je vois le bien, le mal, les bons et les mauvais ; quelquefois la confusion des êtres est telle à mes regards, que je ne sais pas toujours distinguer au premier moment ceux qui vivent dans leur chair de ceux qui en ont dépouillé les apparences grossières…

» Oui, ajoutait-il, il y a des âmes qui sont restées si matérielles, leur forme leur a été si chère, si adhérente, qu'elles ont emporté dans l'autre monde une sorte d'opacité. Celles-là ressemblent longtemps à des vivants.

» Enfin, que vous dirai-je ? soit infirmité de mes yeux, ou similitude réelle, il y a des moments où je m'y trompe tout à fait. Ce matin, pendant la prière où nous étions réunis tous ensemble sous les regards du Tout-Puissant, la chambre était si pleine de vivants et de morts de tous les temps et de tous les pays, que je ne pouvais plus distinguer entre la vie et la mort ; c'était une étrange confusion, et pourtant un magnifique spectacle ! »

Madame d'Argèle fut témoin du départ du jeune Scévole Cazotte qui allait prendre du service dans les gardes du roi ; les temps difficiles approchaient, et son père n'ignorait pas qu'il le dévouait à un danger.

La marquise de la Croix se joignit à Cazotte pour lui donner ce qu'ils appelaient *leurs pouvoirs mystiques*, et l'on verra plus tard comment il leur rendit compte de cette mission. Cette femme enthousiaste fit sur le front du jeune homme, sur ses lèvres et sur son cœur, trois signes mystérieux accompagnés d'une invocation secrète, et consacra ainsi l'avenir de celui qu'elle appelait *le fils de son intelligence.*

Scévole Cazotte, non moins exalté dans ses convictions monarchiques que dans son mysticisme, fut du nombre de ceux qui, au retour de Varennes, réussirent à protéger du moins la vie de la famille royale contre la fureur des républicains. Un instant même, au milieu de la foule, le Dauphin fut enlevé à ses parents, et Scévole Cazotte parvint à le reprendre et le rapporta à la Reine, qui le remercia en pleurant. La lettre suivante, qu'il écrivit à son père, est postérieure à cet événement :

« Mon cher papa, le 14 juillet est passé, le Roi est rentré chez lui sain et sauf. Je me suis acquitté de mon mieux de la mission dont vous m'aviez chargé. Vous saurez peut-être si elle a eu tout l'effet que vous en attendiez. Vendredi, je me suis approché de la sainte table ; et, en sortant de l'église, je me suis rendu à l'autel de la patrie, où j'ai fait, vers les quatre côtés, les commandements nécessaires pour mettre le Champ de Mars entier sous la protection des anges du Seigneur.

» J'ai gagné la voiture, contre laquelle j'étais appuyé quand le Roi est remonté ; Madame Élisabeth m'a même alors jeté un coup d'œil qui a reporté toutes mes pensées vers le ciel ; sous la protection d'un de mes camarades, j'ai accompagné la voiture en dedans de la ligne ; et le roi m'a appelé et m'a dit : Cazotte, c'est vous que j'ai trouvé à Épernay, et à qui j'ai parlé ? Et je lui ai répondu : Oui, Sire ; à la descente de la voiture j'y étais… Et je me suis retiré quand je les ai vus dans leurs appartements.

» Le Champ de Mars était couvert d'hommes. Si j'étais digne que mes commandements et mes prières fussent exécutés, il y aurait furieusement de pervers de liés. Au retour, tous criaient Vive le Roi ! sur le passage. Les gardes nationaux s'en donnaient de tout leur cœur, et la marche était un triomphe. Le jour a été beau, et le commandeur a dit que, pour le dernier jour que Dieu laissait au diable, il le lui avait laissé couleur de rose. Adieu, joignez vos prières pour donner de l'efficacité aux miennes. Ne lâchons pas prise. J'embrasse maman Zabeth (Élisabeth). Mon respect à madame la marquise (la marquise de la Croix). »

À quelque opinion qu'on appartienne, on doit être touché du dévouement de cette famille, dût-on sourire des faibles moyens sur lesquels se reposaient des convictions si ardentes. Les illusions des belles âmes sont respectables, sous quelque forme qu'elles se présentent ; mais qui oserait déclarer qu'il y ait pure illusion dans cette pensée que le monde serait gouverné par des influences supérieures et mystérieuses sur lesquelles la foi de l'homme peut agir ? La philosophie a le droit de dédaigner cette hypothèse ; mais toute religion est forcée à l'admettre, et les sectes politiques en ont fait une arme de tous les partis. Ceci explique l'isolement de Cazotte de ses anciens frères les illuminés. On sait combien l'esprit républicain avait usé du mysticisme dans la révolution d'Angleterre ; la tendance des Martinistes était pareille ; mais, entraînés dans le mouvement opéré par les philosophes, ils dissimulèrent avec soin le côté religieux de leur doctrine, qui, à cette époque, n'avait aucune chance de popularité.

Personne n'ignore l'importance que prirent les illuminés dans les mouvements révolutionnaires. Leurs sectes, organisées sous la loi du secret et se correspondant en France, en Allemagne et en Italie, influaient particulièrement sur de grands personnages plus ou moins instruits de leur but réel. Joseph II et Frédéric-Guillaume agirent maintes fois sous leur inspiration. On sait que ce dernier, s'étant mis à la tête de la coalition des souverains, avait pénétré en France et n'était plus qu'à trente lieues de Paris, lorsque les illuminés, dans une de leurs séances secrètes, évoquèrent l'esprit du grand Frédéric son oncle, qui lui défendit d'aller plus loin. C'est, dit-on, par suite de cette apparition (qui fut expliquée depuis de diverses manières) que ce monarque se retira subitement du territoire français, et conclut plus tard un traité de paix avec la République, qui, dans tous les cas, a pu devoir son salut à l'accord des illuminés français et allemands.

V

La correspondance de Cazotte nous montre tour à tour ses regrets de la marche qu'avaient suivie ses anciens frères, et le tableau de ses tentatives isolées contre une ère politique dans laquelle il croyait voir le règne fatal de l'*Antechrist*, tandis que les illuminés saluaient l'arrivée du *Réparateur* invisible. Les démons de l'un étaient pour les autres des esprits divins et vengeurs. En se rendant compte de cette situation, on comprendra mieux certains passages des lettres de Cazotte, et la singulière circonstance qui fit prononcer plus tard sa sentence par la bouche même d'un illuminé martiniste.

La correspondance dont nous allons citer de courts fragments était adressée, en 1791, à son ami Ponteau, secrétaire de la liste civile :

« Si Dieu ne suscite pas un homme qui fasse finir tout cela merveilleusement, nous sommes exposés aux plus grands malheurs. Vous connaissez mon système : *« Le bien et le mal sur la terre ont toujours été l'ouvrage des hommes, à qui ce globe a été abandonné par les lois éternelles. »* Ainsi nous n'aurons jamais à nous prendre qu'à nous-mêmes de tout le mal qui aura été fait. Le soleil darde continuellement ses rayons plus ou moins obliques sur la terre, voilà l'image de la Providence à notre égard ; de temps en temps, nous accusons cet astre de manquer de chaleur, quand notre position, les amas de vapeur ou l'effet des vents nous mettent dans le cas de ne pas éprouver la continuelle influence de ses rayons. Or donc, si quelque thaumaturge ne vient à notre secours, voici tout ce qu'il nous est permis d'espérer.

» Je souhaite que vous puissiez entendre mon commentaire sur le grimoire de Cagliostro. Vous pouvez, du reste, me demander des éclaircissements ; je les enverrai les moins obscurs qu'il me sera possible. »

La doctrine des théosophes apparaît dans le passage souligné ; en voici un autre qui se rapporte à ses anciennes relations avec les illuminés.

« Je reçois deux lettres de connaissances intimes que j'avais parmi mes confrères les Martinistes ; ils sont démagogues comme Bret ; gens de nom, braves gens jusqu'ici ; le démon est maître d'eux. À l'égard de Bret en son acharnement au magnétisme, je lui ai attiré la maladie ; les Jansénistes affiliés aux convulsionnaires par état sont dans le même cas ; c'est bien celui de leur appliquer à tous la phrase : Hors de l'Église point de *salut*, pas même de sens commun.

« Je vous ai prévenu que nous étions huit en tout dans la France, absolument inconnus les uns des autres, qui élevions, mais sans cesse, comme Moïse, les yeux, la voix, les bras vers le ciel, pour la décision d'un combat dans lequel les éléments eux-mêmes sont mis en jeu. Nous croyons voir arriver un événement figuré dans l'Apocalypse et faisant une grande époque. Tranquillisez-vous, ce n'est pas la fin du monde : cela la rejette à mille ans par delà. Il n'est pas encore temps de dire aux montagnes : *Tombez sur nous !* mais, en attendant le mieux possible, ce va être le cri des Jacobins ; car il y a des coupables de plus d'une robe. »

Son système sur la nécessité de l'action humaine pour établir la communication entre le ciel et la terre est clairement énoncé ici. Aussi en appelle-t-il souvent, dans sa correspondance, au courage du Roi Louis XVI, qui lui paraît toujours se reposer trop sur la Providence. Ses recommandations à ce sujet ont souvent quelque chose du sectaire protestant plutôt que du catholique pur :

« Il faut que le Roi vienne au secours de la garde nationale, qu'il se montre, qu'il dise : Je veux, j'ordonne, et d'un ton ferme. Il est assuré d'être obéi, et de n'être pas pris pour la poule mouillée que les démocrates dépeignent à me faire souffrir dans toutes les parties de mon corps.

« Qu'il se porte rapidement avec vingt-cinq gardes, à cheval comme lui, au lieu de la fermentation : tout sera forcé de plier et de se prosterner devant lui. Le plus fort du travail est fait, mon ami ; le roi s'est résigné et mis entre les mains de son Créateur ; jugez à quel degré de puissance cela le porte, puisque Achab, pourri de vices, pour s'être humilié devant Dieu par un seul acte d'un moment, obtint la victoire sur ses ennemis. Achab avait le cœur faux, l'âme dépravée ; et mon Roi a l'âme la plus franche qui soit sortie des mains de Dieu ; et l'auguste, la céleste Élisabeth a sur le front l'égide qui pend au bras de la véritable sagesse… Ne craignez rien de Lafayette : il est lié comme ses complices. Il est, comme sa cabale, livré aux esprits de terreur et de confusion ; il ne saurait prendre un parti qui lui réussisse, *et le mieux pour lui est d'être mis aux mains de ses ennemis par ceux en qui il croit pouvoir placer sa confiance.* Ne discontinuons pas cependant d'élever les bras vers le ciel ; songeons à l'attitude du prophète tandis qu'Israël combattait.

« Il faut que l'homme agisse ici, puisque c'est le lieu de son action ; le bien et le mal ne peuvent y être faits que par lui. Puisque presque toutes les églises sont fermées, ou par l'interdiction ou par la profanation, que toutes nos maisons deviennent des oratoires. Le moment est bien décisif pour nous : ou Satan continuera de régner sur la terre comme il fait, jusqu'à ce, qu'il se présente des hommes pour lui faire tête comme David à Goliath ; ou le règne de Jésus-Christ, si avantageux pour nous, et tant prédit par les prophètes, s'y établira. Voilà la crise dans laquelle nous sommes, mon ami, et dont je dois vous avoir parlé confusément. Nous pouvons, faute de foi, d'amour et de zèle, laisser échapper l'occasion, mais nous la tenons. Au reste, Dieu ne fait rien sans nous, qui sommes les rois de la terre ; c'est à nous à amener le moment prescrit par ses décrets. Ne souffrons pas que notre ennemi, qui, sans nous, ne peut rien, continue de tout faire, et par nous. »

En général, il se fait peu d'illusions sur le triomphe de sa cause ; ses lettres sont remplies de conseils qu'il eût peut-être été bon de suivre, mais le découragement finit par le gagner en présence de tant de faiblesse, et il en arrive à douter de lui-même et de sa science :

« Je suis bien aise que ma dernière lettre ait pu vous faire quelque plaisir. Vous n'êtes pas initié ! applaudissez-vous-en. Rappelez-vous le mot : *Et scientia eorum perdet eos*. Si je ne suis pas sans danger, moi que la grâce divine a retiré du piège, jugez du risque de ceux qui restent… la connaissance des choses occultes est une mer orageuse d'où l'on n'aperçoit pas le rivage. »

Est-ce à dire qu'il eût abandonné alors les pratiques qui lui semblaient pouvoir agir sur les esprits funestes ? On a vu seulement qu'il espérait les vaincre avec leurs armes. Dans un passage de sa correspondance il parle d'une prophétesse Broussole, qui, ainsi que la célèbre Catherine Théot, obtenait les communications des puissances rebelles en faveur des jacobins ; il espère avoir agi contre elle avec quelque succès. Au nombre de ces prêtresses de la propagande, il cite encore ailleurs la marquise d'Urfé, « la doyenne des Médées françaises, dont le salon regorgeait d'empiriques et de gens qui galopaient après les sciences occultes… » Il lui reproche particulièrement d'avoir élevé et disposé au mal le ministre Duchâtelet.

On ne peut croire que ces lettres, surprises aux Tuileries dans la journée sanglante du 10 août, eussent suffi pour faire condamner un vieillard en proie à d'innocentes rêveries mystiques, si quelques passages de la correspondance n'eussent fait soupçonner des conjurations plus matérielles. Fouquier-Tinville, dans son acte d'accusation, signala certaines expressions des lettres comme indiquant une coopération au complot dit des *chevaliers du poignard*, déconcerté dans les journées du 10 et du 12 août ; une lettre plus explicite encore indiquait les moyens de faire évader le Roi, prisonnier depuis le retour de Varennes, et traçait l'itinéraire de sa fuite ; Cazotte offrait sa propre maison comme asile momentané :

« Le Roi s'avancera jusqu'à la plaine d'Ay ; là il sera à vingt-huit lieues de Givet, à quarante lieues de Metz. Il peut se loger lui-même à Ay, où il y a trente maisons pour ses gardes et ses équipages. Je voudrais qu'il préférât Pierry, où il trouverait également vingt-cinq à trente maisons, dans l'une desquelles il y a vingt lits de maîtres et de l'espace, chez moi seul, pour coucher une garde de deux cents hommes, écuries pour trente à quarante chevaux, un vide pour établir un petit camp dans les murs. Mais il faut qu'un plus habile et plus désintéressé que moi calcule l'avantage de ces deux positions. ».

Pourquoi faut-il que l'esprit de parti ait empêché d'apprécier, dans ce passage, la touchante sollicitude d'un homme presque octogénaire qui s'estime *peu désintéressé* d'offrir au Roi proscrit le sang de sa famille, sa maison pour asile, et son jardin pour champ de bataille ? N'aurait-on pas dû ranger de tels complots parmi les autres illusions d'un esprit affaibli par l'âge ? La lettre qu'il écrivit à son beau-père M. Roignan, greffier du conseil de la Martinique, pour l'engager à organiser une résistance contre six mille républicains envoyés pour s'emparer de la colonie, est comme un ressouvenir du bel enthousiasme qu'il avait déployé dans sa jeunesse pour la défense de l'île contre les Anglais : il indique les moyens à prendre, les points à fortifier, les ressources que lui inspirait sa vieille expérience maritime. On comprend après tout qu'une pièce pareille ait été jugée fort coupable par le gouvernement révolutionnaire ; mais il est fâcheux que l'on ne l'ait pas rapprochée de l'écrit suivant, daté de la même époque, et qui aurait montré s'il fallait tenir plus de compte des *rêveries* que des rêves de l'infortuné vieillard.

MON SONGE DE LA NUIT DU SAMEDI AU DIMANCHE DE DEVANT LA SAINT-JEAN.

1791.

J'étais dans un capharnaüm depuis longtemps et sans m'en douter, quoiqu'un petit chien que j'ai vu courir sur un toit, et sauter d'une distance d'une poutre couverte en ardoises sur une autre, eût dû me donner du soupçon.

J'entre dans un appartement ; j'y trouve une jeune demoiselle seule ; on me la donne intérieurement pour une parente du comte de Dampierre ; elle paraît me reconnaître et me salue. Je m'aperçois bientôt qu'elle a des vertiges ; elle semble dire des douceurs à un objet qui est vis-à-vis d'elle ; je vois qu'elle est en vision avec un esprit, et soudain j'ordonne, en faisant le signe de la croix sur le front de la demoiselle, à l'esprit de paraître.

Je vois une figure de quatorze à quinze ans, point laide, mais dans la parure, la mine et l'attitude d'un polisson ; je le lie, et il se récrie sur ce que je fais. Paraît une autre femme pareillement obsédée ; je fais pour elle la même chose. Les deux esprits quittent leurs effets, me font face et faisaient les insolents, quand, d'une porte qui s'ouvre, sort un homme gros et court, de l'habillement et de la figure d'un guichetier : il tire de sa poche deux petites menottes qui s'attachent comme d'elles-mêmes aux mains des deux captifs que j'ai faits. Je les mets sous la puissance de Jésus-Christ. Je ne sais quelle raison me fait passer pour un moment de cette pièce dans une autre, mais j'y rentre bien vite pour demander mes prisonniers ; ils sont assis sur un banc dans une espèce d'alcôve ; ils se lèvent à mon approche, et six personnages vêtus en archers des pauvres s'en emparent. Je sors après eux ; une espèce d'aumônier marchait à côté de moi. Je vais, disait-il, chez M. le marquis tel ; c'est un bon homme ; j'emploie mes moments libres à le visiter. Je crois que je prenais la détermination de le suivre, quand je me suis aperçu que mes deux souliers étaient en pantoufle ; je voulais m'arrêter et poser les pieds quelque part pour relever les quartiers de ma chaussure, quand un gros homme est venu m'attaquer au milieu d'une grande cour remplie de monde ; je lui mis la main sur le front, et l'ai lié au nom de la sainte Trinité et par celui de Jésus, sous l'appui duquel je l'ai mis.

De Jésus-Christ ! s'est écriée la foule qui m'entourait. Oui, ai-je dit, et je vous y mets tous après vous avoir liés. On faisait de grands murmures sur ce propos.

Arrive une voiture comme un coche ; un homme m'appelle par mon nom, de la portière : Mais, sire Cazotte, vous parlez de Jésus-Christ ; pouvons-nous tomber sous la puissance de Jésus-Christ ? Alors j'ai repris la parole, et ai parlé avec assez d'étendue de Jésus-Christ et de sa miséricorde sur les pécheurs. Que vous êtes heureux ! ai-je ajouté : vous allez changer de fers. De fers ! s'est écrié un homme enfermé dans la voiture, sur la bosse de laquelle j'étais monté ; est-ce qu'on ne pouvait nous donner un moment de relâche ?

Allez, a dit quelqu'un, vous êtes heureux, vous allez changer de maître, et quel maître ! Le premier homme qui m'avait parlé disait : J'avais quelque idée comme cela.

Je tournais le dos au coche et avançais dans cette cour d'une prodigieuse étendue ; on n'y était éclairé que par des étoiles. J'ai observé le ciel, il était d'un bel azur pâle et très-étoilé : pendant que je le comparais dans ma mémoire à d'autres cieux que j'avais vus dans le capharnaüm, il a été troublé par une horrible tempête ; un affreux coup de tonnerre l'a mis tout en feu ; le carreau tombé à cent pas de moi est venu se roulant vers moi ; il en est sorti un esprit sous la forme d'un oiseau de la grosseur d'un coq blanc, et la forme du corps plus allongée, plus bas sur pattes, le bec plus émoussé. J'ai couru sur l'oiseau en faisant des signes de croix ; et, me sentant rempli d'une force plus qu'ordinaire, il est venu tomber à mes pieds. Je voulais lui mettre sur la tête… Un homme de la taille du baron de Loi, aussi joli qu'il était jeune, vêtu en gris et argent, m'a fait face, et dit de ne pas le fouler aux pieds. Il a tiré de sa poche une paire de ciseaux enfermée dans un étui garni de diamants, en me faisant entendre que je devais m'en servir pour couper le cou de la bête. Je prenais les ciseaux quand j'ai été éveillé par le chant en chœur de la foule qui était dans le capharnaüm : c'était un chant plein, sans accord, dont les paroles non rimées étaient : Chantons notre heureuse délivrance.

Réveillé, je me suis mis en prières ; mais me tenant en défiance contre ce songe-ci, comme contre tant d'autres par lesquels je puis soupçonner Satan de vouloir me remplir d'orgueil, je continuai mes prières à Dieu par l'intercession de la sainte Vierge, et sans relâche, pour obtenir de lui de connaître sa volonté sur moi, et cependant je lierai sur la terre ce qu'il me paraîtra à propos de lier pour la plus grande gloire de Dieu et le besoin de ses créatures.

⁂

Quelque jugement que puissent porter les esprits sérieux sur cette trop fidèle peinture des hallucinations du rêve, si décousues que soient forcément les impressions d'un pareil récit, il y a dans cette série de visions bizarres quelque chose de terrible et de mystérieux. Il ne faut voir aussi dans ce soin de recueillir un songe en partie dépourvu de sens, que les préoccupations d'un mystique, qui lie à l'action du monde extérieur les phénomènes du sommeil. Rien dans la masse d'écrits qu'on a conservés de cette époque de la vie de Cazotte n'indique un affaiblissement quelconque dans ses facultés intellectuelles. Ses révélations, toujours empreintes de ses opinions monarchiques, tendent à présenter dans tout ce qui se passe alors des rapports avec les vagues prédictions de l'Apocalypse. C'est ce que l'école de Swedenborg appelle la science des correspondances. Quelques phrases de l'introduction méritent d'être remarquées :

« Je voulais, en offrant ce tableau fidèle, donner une grande leçon à ces milliers d'individus dont la pusillanimité doute toujours, parce qu'il leur faudrait un effort pour croire. Ils ne marquent dans le cercle de la vie quelques instants plus ou moins rapides que comme le cadran, qui ne sait pas quel ressort lui fait indiquer l'espace des heures ou le système planétaire.

« Quel homme, au milieu d'une anxiété douloureuse, fatigué d'interroger tous les êtres qui vivent ou végètent autour de lui, sans pouvoir en trouver un seul qui lui réponde de manière à lui rendre, sinon le bonheur, au moins le repos, n'a pas levé ses yeux mouillés de larmes vers la voûte des cieux ?

« Il semble qu'alors la douce espérance vient remplir pour lui l'espace immense qui sépare ce globe sublunaire du séjour où repose sur sa base inébranlable le trône de l'Éternel. Ce n'est plus seulement à ses yeux que luisent les feux parsemés sur ce voile d'azur, qui embrase l'horizon d'un pôle à l'autre : ces feux célestes passent dans son âme ; le don de la pensée devient celui du génie. Il entre en conversation avec l'Éternel lui-même : la nature semble se taire pour ne point troubler cet entretien sublime.

« Dieu révélant à l'homme les secrets de sa sagesse suprême et les mystères auxquels il soumet la créature trop souvent ingrate, pour la forcer à se rejeter dans son sein paternel, quelle idée majestueuse, consolante surtout ! Car pour l'homme vraiment sensible, une affection tendre vaut mieux que l'élan même du génie ; pour lui, les jouissances de la gloire, celles même de l'orgueil, finissent toujours où commencent les douleurs de ce qu'il aime. »

La journée du 10 août vint mettre fin aux illusions des amis de la monarchie. Le peuple pénétra dans les Tuileries, après avoir mis à mort les Suisses et un assez grand nombre de gentilshommes dévoués au Roi ; l'un des fils de Cazotte combattait parmi ces derniers, l'autre servait dans les armées de l'émigration. On cherchait partout des preuves de la conspiration royaliste dite des *chevaliers du poignard* ; en saisissant les papiers de Laporte, intendant de la liste civile, on y découvrit toute la correspondance de Cazotte avec son ami Ponteau ; aussitôt il fut décrété d'accusation et arrêté dans sa maison de Pierry.

« Reconnaissez-vous ces lettres ? lui dit le commissaire de l'Assemblée législative.

— Elles sont de moi, en effet.

— Et c'est moi qui les ai écrites sous la dictée de mon père », s'écria sa fille Élisabeth, jalouse de partager ses dangers et sa prison.

Elle fut arrêtée avec son père, et tous deux, conduits à Paris dans la voiture de Cazotte, furent enfermés à l'Abbaye dans les derniers jours du mois d'août. Madame Cazotte implora en vain de son côté la faveur d'accompagner son mari et sa fille.

Les malheureux réunis dans cette prison jouissaient encore de quelque liberté intérieure. Il leur était permis de se réunir à certaines heures, et souvent l'ancienne chapelle où se rassemblaient les prisonniers présentait le tableau des brillantes réunions du monde. Ces illusions réveillées amenèrent des imprudences ; on faisait des discours, on chantait, on paraissait aux fenêtres, et des rumeurs populaires accusaient les prisonniers du 10 août de se réjouir des progrès de l'armée du duc de Brunswick et d'en attendre leur délivrance. On se plaignait des lenteurs du tribunal extraordinaire, créé à regret par l'Assemblée législative sur les menaces de la commune ; on croyait à un complot formé dans les prisons pour en enfoncer les portes à l'approche des étrangers, se répandre dans la ville et faire une Saint-Barthélémy des républicains.

La nouvelle de la prise de Longwy et le bruit prématuré de celle de Verdun, achevèrent d'exaspérer les masses. Le danger de la patrie fut proclamé, et les sections se réunirent au Champ de Mars. Cependant, des bandes furieuses se portaient aux prisons et établissaient aux guichets extérieurs une sorte de tribunal de sang destiné à suppléer à l'autre.

À l'Abbaye, les prisonniers étaient réunis dans la chapelle, livrés à leurs conversations ordinaires, quand le cri des guichetiers : « Faites remonter les femmes ! » retentit inopinément. Trois coups de canon et un roulement de tambour ajoutèrent à l'épouvante, et les hommes étant restés seuls, deux prêtres, d'entre les prisonniers, parurent dans une tribune de la chapelle et annoncèrent à tous le sort qui leur était réservé.

Un silence funèbre régna dans cette triste assemblée ; dix hommes du peuple, précédés par les guichetiers, entrèrent dans la chapelle, firent ranger les prisonniers le long du mur, et en comptèrent cinquante-trois.

De ce moment, on fit l'appel des noms, de quart d'heure en quart d'heure : ce temps suffisant à peu près aux jugements du tribunal improvisé à l'entrée de la prison.

Quelques-uns furent épargnés, parmi eux le vénérable abbé Sicard ; la plupart étaient frappés au sortir du guichet par les meurtriers fanatiques qui avaient accepté cette triste tâche. Vers minuit, on cria le nom de Jacques Cazotte.

Le vieillard se présenta avec fermeté devant le sanglant tribunal, qui siégeait dans une petite salle précédant le guichet, et que présidait le terrible Maillard. En ce moment, quelques forcenés demandaient qu'on fît aussi comparaître les femmes, et on les fit en effet descendre une à une dans la chapelle ; mais les membres du tribunal repoussèrent cet horrible vœu, et Maillard ayant donné l'ordre au guichetier Lavaquerie de les faire remonter, feuilleta l'écrou de la prison et appela Cazotte à haute voix. À ce nom, la fille du prisonnier, qui remontait avec les autres femmes, se précipita au bas de l'escalier et traversa la foule au moment où Maillard prononçait le mot terrible : À la Force ! qui voulait dire : À la mort !

La porte extérieure s'ouvrait, la cour entourée de longs cloîtres, où l'on continuait à égorger, était pleine de monde et retentissait encore du cri des mourants ; la courageuse Élisabeth s'élança entre les deux tueurs qui déjà avaient mis la main sur son père, et qui s'appelaient, dit-on, Michel et Sauvage, et leur demanda, ainsi qu'au peuple, la grâce de son père.

Son apparition inattendue, ses paroles touchantes, l'âge du

condamné, presque octogénaire, et dont le crime politique n'était pas facile à définir et à constater, l'effet sublime de ces deux nobles figures, touchante image de l'héroïsme filial, émurent des instincts généreux dans une partie de la foule : On cria grâce de toutes parts. Maillard hésitait encore. Michel versa un verre de vin et dit à Élisabeth : « Écoutez, citoyenne, pour prouver au citoyen Maillard que vous n'êtes pas une aristocrate, buvez cela au salut de la nation et au triomphe de la république ! »

La courageuse fille but sans hésiter ; les Marseillais lui firent place, et la foule applaudissant s'ouvrit pour laisser passer le père et la fille ; on les reconduisit jusqu'à leur demeure.

On a cherché dans le songe de Cazotte cité plus haut, et dans l'heureuse délivrance chantée par la foule au dénoûment de la scène, quelques rapports vagues de lieux et de détails avec la scène que nous venons de décrire ; il serait puéril de les relever ; un pressentiment plus évident lui apprit que le beau dévouement de sa fille ne pouvait le soustraire à sa destinée.

Le lendemain du jour où il avait été ramené en triomphe par le peuple, plusieurs de ses amis vinrent le féliciter. Un d'eux, M. de Saint-Charles, lui dit en l'abordant : « Vous voilà sauvé ! — Pas pour longtemps, répondit Cazotte en souriant tristement… Un moment avant votre arrivée, j'ai eu une vision. J'ai cru voir un gendarme qui venait me chercher de la part de Pétion ; j'ai été obligé dé le suivre ; j'ai paru devant le maire de Paris, qui m'a fait conduire à la Conciergerie, et de là au tribunal révolutionnaire. Mon heure est venue. »

M. de Saint-Charles le quitta, croyant que sa raison avait souffert des terribles épreuves par lesquelles il avait passé. Un avocat, nommé Julien, offrit à Cazotte sa maison pour asile et les moyens d'échapper aux recherches ; mais le vieillard était résolu à ne point combattre la destinée. Le 11 septembre, il vit entrer chez lui l'homme de sa vision, un gendarme portant un ordre signé Pétion, Paris et Sergent ; on le conduisit à la mairie, et de là à la Conciergerie, où ses amis ne purent le voir. Élisabeth obtint, à force de prières, la permission de servir son père, et demeura dans sa prison jusqu'au dernier jour. Mais ses efforts pour intéresser les juges n'eurent pas le même succès qu'auprès du peuple, et Cazotte, sur le réquisitoire de Fouquier-Tinville, fut condamné à mort après vingt-sept heures d'interrogatoire.

Avant le prononcé de l'arrêt, l'on fit mettre au secret sa fille, dont on craignait les derniers efforts et l'influence sur l'auditoire ; le plaidoyer du citoyen Julienne fit sentir en vain ce qu'avait de sacré cette victime échappée à la justice du peuple ; le tribunal paraissait obéir à une conviction inébranlable.

La plus étrange circonstance de ce procès fut le discours du président Lavau, ancien membre, comme Cazotte, de la société des Illuminés.

« Faible jouet de la vieillesse ! dit-il, toi, dont le cœur ne fut pas assez grand pour sentir le prix d'une liberté sainte, mais qui as prouvé, par ta sécurité dans les débats, que tu savais sacrifier jusqu'à ton existence pour le soutien de ton opinion, écoute les dernières paroles de tes juges ! puissent-elles verser dans ton âme le baume précieux des consolations ! puissent-elles, en te déterminant à plaindre le sort de ceux qui viennent de te condamner, t'inspirer cette stoïcité qui doit présider à tes derniers instants, et te pénétrer du respect que la loi nous impose à nous-mêmes !... Tes pairs t'ont entendu, tes pairs t'ont condamné ; mais au moins, leur jugement fut pur comme leur conscience ; au moins, aucun intérêt personnel ne vint troubler leur décision. Va, reprends ton courage, rassemble tes forces ; envisage sans crainte le trépas ; songe qu'il n'a pas droit de l'étonner : ce n'est pas un instant qui doit effrayer un homme tel que toi. Mais, avant de te séparer de la vie, regarde l'attitude imposante de la France, dans le sein de laquelle tu ne craignais pas d'appeler à grands cris l'ennemi ; vois ton ancienne patrie opposer aux attaques de ses vils détracteurs autant de courage que tu lui as supposé de lâcheté. Si la loi eût pu prévoir qu'elle aurait à prononcer contre un coupable de ta sorte, par considération pour tes vieux ans, elle ne t'eût pas imposé d'autre peine ; mais rassure-toi : si elle est sévère quand elle poursuit, quand elle a prononcé, le glaive tombe bientôt de ses mains ; elle gémit sur la perte même de ceux qui voulaient la déchirer. Regarde-la verser des larmes sur ces cheveux blancs qu'elle a cru devoir respecter jusqu'au moment de ta condamnation ; que ce spectacle porte en toi le repentir ; qu'il t'engage, vieillard malheureux, à profiter du moment qui te sépare encore de la mort, pour effacer jusqu'aux moindres traces de tes complots, par un regret justement senti ! Encore un mot : tu fus homme, chrétien, philosophe, *initié*, sache mourir en homme, sache mourir en chrétien ; c'est tout ce que ton pays peut encore attendre de toi. »

Ce discours, dont le fond inusité et mystérieux frappa de stupeur l'assemblée, ne fit aucune impression sur Cazotte, qui, au passage où le président tentait de recourir à la persuasion, leva les yeux au ciel et fit un signe d'inébranlable foi dans ses convictions. Il dit ensuite à ceux qui l'entouraient qu'il savait qu'il méritait la mort ; que la loi était sévère, mais qu'il la trouvait juste. Lorsqu'on lui coupa les cheveux, il recommanda de les couper le plus près possible, et chargea son confesseur de les remettre à sa fille, encore consignée dans une des chambres de la prison.

Avant de marcher au supplice, il écrivit quelques mots à sa femme et à ses enfants ; puis, monté sur l'échafaud, il s'écria, d'une voix très-haute : « Je meurs comme j'ai vécu, fidèle à Dieu et à mon Roi. » L'exécution eut lieu le 25 septembre, à sept heures du soir, sur la place du Carrousel.

Élisabeth Cazotte, fiancée depuis longtemps par son père au chevalier de Plas, officier au régiment de Poitou, épousa, huit ans après, ce jeune homme, qui avait suivi le parti de l'émigration. La destinée de cette héroïne ne devait pas être plus heureuse qu'auparavant : elle périt de l'opération césarienne en donnant le jour à un enfant et en s'écriant qu'on la coupât en morceaux s'il le fallait pour le sauver. L'enfant ne vécut que peu d'instants. Il reste encore cependant plusieurs personnes de la famille de Cazotte. Son fils Scévole, échappé comme par miracle au massacre du 10 août, existe à Paris, et conserve pieusement la tradition des croyances et des vertus paternelles.

GÉRARD DE NERVAL.

AVIS DE L'AUTEUR

POUR

LA PREMIÈRE ÉDITION.

LE DIABLE AMOUREUX est orné de figures faites par ces hommes de génie que la nature se plaît à former, et dont l'art, par ses règles asservissantes, n'a jamais refroidi le génie. De Strasbourg à Paris, il n'y a presque pas de cheminée qui ne porte l'empreinte du feu des compositions du premier, de la fumée ondoyante de ses pipes et du flegme philosophique de ses fumeurs.

Il a bien voulu jeter sur le papier son idée brûlante et rapide ; et si les froids connaisseurs n'y trouvent pas le fini maniéré d'un burin platement exact, les gens de goût seront, à coup sûr, saisis de la vérité de l'expression ; le sérieux imposant d'un philosophe instruit des secrets les plus impénétrables de la cabale, l'avide curiosité d'un adepte qui brûle de s'instruire et dont l'attention se communique jusqu'à ses jambes, leur sauteront aux yeux. Ce qui ne leur échappera sûrement pas, c'est le bras du serviteur infernal de Soberano, qui sort d'un nuage pour obéir à son maître, et lui apporter, au premier signal, la pipe qu'il demande ; c'est enfin la facilité du génie de l'artiste à placer si naturellement sur le mur de la chambre l'estampe, heureusement négligée, qui représente cet étonnant effet de la puissance magique.

Que ne pouvons-nous décrire avec la même étendue les chefs-d'œuvre de deux autres génies qui ont prêté leurs crayons séduisants ! Mais pourquoi nous y refuser ? L'esprit d'un dessin, l'expression d'une gravure, ne disent-ils pas presque toujours plus et mieux que les paroles les plus sonores et les mieux arrangées ? Quelles expressions rendraient, comme la gravure, le courage tranquille d'*Alvare*, que le caverneux *Che vuoi* n'ébranle point ?

Comment peindre aussi chaudement, en écrivant, son étonnement froid, lorsque, de sa couche rompue, il jette les yeux sur son page charmant qui se peigne avec ses doigts ?

Quelles phrases donneront jamais une idée plus nette du *clair-obscur* que la quatrième de nos estampes, dont l'auteur, ayant à représenter deux chambres, a si ingénieusement mis tout l'*obscur* dans l'une et tout le *clair* dans l'autre ? Et quel service n'a-t-il pas rendu, par cet heureux contraste, à tant de gens qui ont la fureur de parler de cet art sans en avoir les premières notions ? Si nous ne craignions pas de blesser sa modestie, nous ajouterions que sa manière nous a paru tenir beaucoup de celle du fameux Rembrandt.

Le chien d'Alvare, qui, dans le bosquet, le sauve, en déchirant son habit, du précipice où il allait s'engloutir, prouve bien que les gens d'esprit en ont souvent moins que les bêtes.

La dernière enfin, qui tire assez sur le haché si spirituel de la première, quoique d'une autre main, nous a paru aussi sublime qu'elle est morale ; quelle foule d'idées présente à l'imagination son éloquente sécheresse ! une campagne éloignée de tout secours humain ; des coursiers fougueux, emblème des passions, qui, en brisant leurs liens, laissent bien loin derrière eux la voiture fragile qui représente si bien l'humanité ; un être enivré qui se précipite pour n'embrasser qu'une vapeur ; un nuage affreux, d'où sort un monstre dont la figure retrace, aux yeux du moral abusé, l'image au vrai de ce que son imagination libertine lui avait si follement embelli.

Mais où nous entraîne le désir de rendre justice aux délicieux auteurs de ces tableaux frappants ? Qui de nos lecteurs n'y trouvera pas un million d'idées que nous nous reprocherions de leur indiquer ? Brisons là, et qu'il nous soit permis seulement de dire *un mot* de l'ouvrage.

Il a été rêvé en une nuit et écrit en un jour : ce n'est point, comme à l'ordinaire, un vol fait à l'auteur ; il l'a écrit poı plaisir et un peu pour l'édification de ses concitoyens, car très-moral ; le style en est rapide ; point d'esprit à la mode, point de métaphysique, point de science, encore moins de jolies impiétés et de hardiesses philosophiques ; seulement un petit assassinat pour ne pas heurter de front le goût actuel, et voilà tout. Il semble que l'auteur ait senti qu'un homme qui a la tête tournée d'amour est déjà bien à plaindre ; mais que lorsqu'une jolie femme est amoureuse de lui, le caresse, l'obsède, le mène, et veut à toute force s'en faire aimer, c'est le diable.

Beaucoup de Français, qui ne s'en vantent pas, ont été dans les grottes faire des évocations, y ont trouvé de vilaines bêtes qui leur criaient : *Che vuoi ?* et qui, sur leur réponse, leur présentaient un petit animal de treize à quatorze ans. Il est joli, on l'emmène ; les bains, les habits, les modes, les vernis, les maîtres de toute espèce, l'argent, les contrats, les maisons, tout est en l'air ; l'animal devient maître, le maître devient animal. Eh ! mais pourquoi ? C'est que les Français ne sont pas Espagnols ; c'est que le diable est bien malin ; c'est qu'il n'est pas toujours si laid qu'on le dit.

Personne ne se méprendra sur le ton ironique de cette préface, où l'auteur, à propos des gravures bizarres de sa première édition et au moyen de ces gravures mêmes, fait la critique des dessinateurs de son temps et des éloges que leur donnaient certains amateurs exagérés. Nous avons devoir publier le *fac-simile* de ces gravures ; indispensables à l'intelligence de la préface, et qui deviennent le complément nécessaire d'une édition illustrée.

I

J'ÉTAIS à vingt-cinq ans capitaine aux gardes du roi de

Naples : nous vivions beaucoup entre camarades, et comme de jeunes gens, c'est-à-dire, des femmes, du jeu, tant que la bourse pouvait y suffire ; et nous philosophions dans nos quartiers quand nous n'avions plus d'autre ressource.

Un soir, après nous être épuisés en raisonnements de toute espèce autour d'un très-petit flacon de vin de Chypre et de quelques marrons secs, le discours tomba sur la cabale et les cabalistes.

Un d'entre nous prétendait que c'était une science réelle, et dont les opérations étaient sûres ; quatre des plus jeunes lui soutenaient que c'était un amas d'absurdités, une source de friponneries, propres à tromper les gens crédules et amuser les enfants. — Le plus âgé d'entré nous, Flamand d'origine, fumait une pipe d'un air distrait, et ne disait mot. Son air froid et sa distraction me faisaient spectacle à travers ce charivari discordant qui nous étourdissait, et m'empêchait de prendre part à une conversation trop peu réglée pour qu'elle eût de l'intérêt pour moi. Nous étions dans la chambre du fumeur ; la nuit s'avançait : on se sépara, et nous demeurâmes seuls, notre ancien et moi.

Il continua de fumer flegmatiquement ; je demeurai les coudes appuyés sur la table, sans rien dire. Enfin mon homme rompit le silence.

« Jeune homme, me dit-il, vous venez d'entendre beaucoup de bruit : pourquoi vous êtes-vous tiré de la mêlée ?

— C'est, lui répondis-je, que j'aime mieux me taire que d'approuver ou blâmer ce que je ne connais pas : je ne sais pas même ce que veut dire le mot de *cabale*.

— Il a plusieurs significations, me dit-il ; mais ce n'est point d'elles dont il s'agit, c'est de la chose. Croyez-vous qu'il puisse exister une science qui enseigne à transformer les métaux et à réduire les esprits sous notre obéissance ?

— Je ne connais rien des esprits, à commencer par le mien, sinon que je suis sûr de son existence. Quant aux métaux, je sais la valeur d'un carlin au jeu, à l'auberge et ailleurs, et ne peux rien assurer ni nier sur l'essence des uns et des autres, sur les modifications et impressions dont ils sont susceptibles.

— Mon jeune camarade, j'aime beaucoup votre ignorance ; elle vaut bien la doctrine des autres : au moins vous n'êtes pas dans l'erreur, et si vous n'êtes pas instruit, vous êtes susceptible de l'être. Votre naturel, la franchise de votre caractère, la droiture de votre esprit, me plaisent : je sais quelque chose de plus que le commun des hommes ; jurez-moi le plus grand secret sur votre parole d'honneur, promettez de vous conduire avec prudence, et vous serez mon écolier.

— L'ouverture que vous me faites, mon cher Soberano, m'est très-agréable. La curiosité est ma plus forte passion. Je vous avouerai que naturellement j'ai peu d'empressement pour nos connaissances ordinaires ; elles m'ont toujours semblé trop bornées, et j'ai deviné cette sphère élevée dans laquelle vous voulez m'aider à m'élancer : mais quelle est la première clef de la science dont vous parlez ? Selon ce que disaient nos camarades en disputant, ce sont les esprits eux-mêmes qui nous instruisent ; peut-on se lier avec eux ?

— Vous avez dit le mot, Alvare : on n'apprendrait rien de soi-même ; quant à la possibilité de nos liaisons, je vais vous en donner une preuve sans réplique. »

Comme il finissait ce mot, il achevait sa pipe : il frappe trois coups pour faire sortir un peu de cendre qui restait au fond, la pose sur la table assez près de moi. Il élève la voix : « Calderon, dit-il, venez chercher ma pipe, allumez-la, et rapportez-la-moi. »

Il finissait à peine le commandement, je vois disparaître la pipe ; et, avant que j'eusse pu raisonner sur les moyens, ni demander quel était ce Calderon chargé de ses ordres, la pipe allumée était de retour, et mon interlocuteur avait repris son occupation.

Il la continua quelque temps, moins pour savourer le tabac que pour jouir de la surprise qu'il m'occasionnait ; puis se levant, il dit : « Je prends la garde au jour, il faut que je repose, Allez vous coucher ; soyez sage, et nous nous reverrons. »

Je me retirai plein de curiosité et affamé d'idées nouvelles, dont je me promettais de me remplir bientôt par le secours de Soberano. Je le vis le lendemain, les jours ensuite ; je n'eus plus d'autre passion ; je devins son ombre.

Je lui faisais mille questions ; il éludait les unes et répondait aux autres d'un ton d'oracle. Enfin, je le pressai sur l'article de la religion de ses pareils. « C'est, me répondit-il, la religion naturelle. »

Nous entrâmes dans quelques détails ; ses décisions cadraient plus avec mes penchants qu'avec mes principes ; mais je voulais venir à mon but et ne devais pas le contrarier.

« Vous commandez aux esprits, lui disais-je ; je veux comme vous être en commerce avec eux : je le veux, je le veux !

— Vous êtes vif, camarade, vous n'avez pas subi votre temps d'épreuve ; vous n'avez rempli aucune des conditions sous lesquelles on peut aborder sans crainte cette sublime catégorie…

— Et me faut-il bien du temps ?

— Peut-être deux ans.

— J'abandonne ce projet, m'écriai-je : je mourrais d'impatience dans l'intervalle. Vous êtes cruel, Soberano. Vous ne pouvez concevoir la vivacité du désir que vous avez créé dans moi : il me brûle…

— Jeune homme, je vous croyais plus de prudence ; vous me faites trembler pour vous et pour moi. Quoi ! vous vous exposeriez à évoquer des esprits sans aucune des préparations…

— Eh ! que pourrait-il m'en arriver ?

— Je ne dis pas qu'il dût absolument vous en arriver du mal ; s'ils ont du pouvoir sur nous, c'est notre faiblesse, notre pusillanimité qui le leur donne : dans le fond, nous sommes nés pour les commander.

— Ah ! je les commanderai !

— Oui, vous avez le cœur chaud ; mais si vous perdez la tête, s'ils vous effrayent à certain point…

— S'il ne tient qu'à ne les pas craindre, je les mets au pis pour m'effrayer.

— Quoi ! quand vous verriez le Diable ?

— Je tirerais les oreilles au grand Diable d'enfer.

— Bravo ! si vous êtes si sûr de vous, vous pouvez vous risquer, et je vous promets mon assistance. Vendredi prochain, je vous donne à dîner avec deux des nôtres, et nous mettrons l'aventure à fin. »

II

Nous n'étions qu'à mardi : jamais rendez-vous galant ne fut attendu avec tant d'impatience. Le terme arrive enfin ; je trouve chez mon camarade deux hommes d'une physionomie peu prévenante : nous dînons. La conversation roule sur des choses indifférentes.

Après dîner, on propose une promenade à pied vers les ruines de Portici. Nous sommes en route, nous arrivons. Ces restes des monuments les plus augustes écroulés, brisés, épars, couverts de ronces, portent à mon imagination des idées qui ne m'étaient pas ordinaires. « Voilà, disais-je, le pouvoir du temps sur les ouvrages de l'orgueil et de l'industrie des hommes. » Nous avançons dans les ruines, et enfin nous sommes parvenus presque à tâtons, à travers ces débris, dans un lieu si obscur, qu'aucune lumière extérieure n'y pouvait pénétrer.

Mon camarade me conduisait par le bras ; il cesse de marcher, et je m'arrête. Alors un de la compagnie bat le fusil et allume une bougie. Le séjour où nous étions s'éclaire, quoique faiblement, et je découvre que nous sommes sous une voûte assez bien conservée, de vingt-cinq pieds en carré à peu près, et ayant quatre issues.

Nous observions le plus parfait silence. Mon camarade, à l'aide d'un roseau qui lui servait d'appui dans sa marche, trace un cercle autour de lui sur le sable léger dont le terrain était couvert, et en sort après y avoir dessiné quelques caractères. « Entrez dans ce penthacle, mon brave, me dit-il, et n'en sortez qu'à bonnes enseignes.

— Expliquez-vous mieux ; à quelles enseignes en dois-je sortir ?

— Quand tout vous sera soumis ; mais avant ce temps, si

la frayeur vous faisait faire une fausse démarche, vous pourriez courir les risques les plus grands. »

Alors il me donne une formule d'évocation courte, pressante, mêlée de quelques mots que je n'oublierai jamais.

« Récitez, me dit-il, cette conjuration avec fermeté, et appelez ensuite à trois fois clairement *Béelzébuth*, et surtout n'oubliez pas ce que vous avez promis de faire. »

Je me rappelai que je m'étais vanté de lui tirer les oreilles. « Je tiendrai parole, lui dis-je, ne voulant pas en avoir le démenti.

— Nous vous souhaitons bien du succès, me dit-il ; quand vous aurez fini, vous nous avertirez. Vous êtes directement vis-à-vis de la porte par laquelle vous devez sortir pour nous rejoindre. » Ils se retirent.

Jamais fanfaron ne se trouva dans une crise plus délicate : je fus au moment de les rappeler ; mais il y avait trop à rougir pour moi ; c'était d'ailleurs renoncer à toutes mes espérances. Je me raffermis sur la place où j'étais, et tins un moment conseil.

On a voulu m'effrayer, dis-je ; on veut voir si je suis pusillanime. Les gens qui m'éprouvent sont à deux pas d'ici, et à la suite de mon évocation je dois m'attendre à quelque tentative de leur part pour m'épouvanter. Tenons bon ; tournons la raillerie contre les mauvais plaisants.

Cette délibération fut assez courte, quoique un peu troublée par le ramage des hiboux et des chats-huants qui habitaient les environs, et même l'intérieur de ma caverne.

Un peu rassuré par mes réflexions, je me rassois sur mes reins, je me piète ; je prononce l'évocation d'une voix claire et soutenue et, en grossissant le son, j'appelle, à trois reprises et à très-courts intervalles, *Béelzébuth*. Un frisson courait dans toutes mes veines, et mes cheveux se hérissaient sur ma tête.

À peine avais-je fini, une fenêtre s'ouvre à deux battants vis-à-vis de moi, au haut de la voûte : un torrent de lumière plus éblouissante que celle du jour fond par cette ouverture ; une tête de chameau horrible, autant par sa grosseur que par sa forme, se présente à la fenêtre ; surtout elle avait des oreilles démesurées. L'odieux fantôme ouvre la gueule, et, d'un ton assorti au reste de l'apparition, me répond : *Che vuoi ?*

Toutes les voûtes, tous les caveaux dès environs retentissent à l'envi du terrible *Che vuoi ?*

Je ne saurais peindre ma situation ; je ne saurais dire qui soutint mon courage et m'empêcha de tomber en défaillance à l'aspect de ce tableau, au bruit plus effrayant encore, qui retentissait à mes oreilles.

Je sentis la nécessité de rappeler mes forces ; une sueur froide allait les dissiper : je fis un effort sur moi.

Il faut que notre âme soit bien vaste et ait un prodigieux ressort ; une multitude de sentiments, d'idées, de réflexions touchent mon cœur, passent dans mon esprit, et font leur impression toutes à la fois.

La révolution s'opère, je me rends maître de ma terreur. Je fixe hardiment le spectre.

« Que prétends-tu toi-même, téméraire, en te montrant sous cette forme hideuse ? »

Le fantôme balance un moment :

« Tu m'as demandé, dit-il d'un ton de voix plus bas.

— L'esclave, lui dis-je, cherche-t-il à effrayer son maître ? Si tu viens recevoir mes ordres, prends une forme convenable et un ton soumis.

— Maître, me dit le fantôme, sous quelle forme me présenterai-je pour vous être agréable ? »

La première idée qui me vint à la tête étant celle d'un chien : « Viens, lui dis-je, sous la figure d'un épagneul. »

À peine avais-je donné l'ordre, l'épouvantable chameau allonge le col de seize pieds de longueur, baisse la tête jusqu'au milieu du salon, et vomit un épagneul blanc a soies fines et brillantes, les oreilles traînantes jusqu'à terre.

La fenêtre s'est refermée, toute autre vision a disparu, et il ne reste sous la voûte, suffisamment éclairée, que le chien et moi.

Il tournait tout autour du cercle en remuant la queue et faisant des courbettes.

« Maître, me dit-il, je voudrais bien vous lécher l'extrémité des pieds ; mais le cercle redoutable qui vous environne me repousse. »

Ma confiance était montée jusqu'à l'audace : je sors du cercle, je tends le pied, le chien le lèche ; je fais un mouvement pour lui tirer les oreilles, il se couche sur le dos comme pour me demander grâce ; je vis que c'était une petite femelle.

« Lève-toi, lui dis-je ; je te pardonne : tu vois que j'ai compagnie ; ces messieurs attendent à quelque distance d'ici ; la promenade a dû les altérer ; je veux leur donner une collation ; il faut des fruits, des conserves, des glaces, des vins de Grèce ; que cela soit bien entendu ; éclaire et décore la salle sans faste, mais proprement. Vers la fin de la collation tu viendras en virtuose du premier talent, et tu porteras une harpe ; je t'avertirai quand tu devras paraître. Prends garde à bien jouer ton rôle, mets de l'expression dans ton chant, de la décence, de la retenue dans ton maintien…

— J'obéirai, maître, mais sous quelle condition ?

— Sous celle d'obéir, esclave. Obéis sans réplique, ou…

— Vous ne me connaissez pas, maître : vous me traiteriez avec moins de rigueur ; j'y mettrais peut-être l'unique condition de vous désarmer et de vous plaire. »

Le chien avait à peine fini, qu'en tournant sur le talon, je vois mes ordres s'exécuter plus promptement qu'une décoration ne s'élève à l'Opéra. Les murs de la voûte, ci-devant noirs, humides, couverts de mousse, prenaient une teinte douce, des formes agréables ; c'était un salon de marbre jaspé. L'architecture présentait un cintre soutenu par des colonnes. Huit girandoles de cristaux, contenant chacune trois bougies, y répandaient une lumière vive, également distribuée.

III

UN moment après, la table et le buffet s'arrangent, se chargent de tous les apprêts de notre régal ; les fruits et les confitures étaient de l'espèce la plus rare, la plus savoureuse et de la plus belle apparence. La porcelaine employée au service et sur le buffet était du Japon. La petite chienne faisait mille tours dans la salle, mille courbettes autour de moi, comme pour hâter le travail et me demander si j'étais satisfait.

« Fort bien, Biondetta, lui dis-je ; prenez un habit de livrée, et allez dire à ces messieurs qui sont près d'ici que je les attends, et qu'ils sont servis. »

À peine avais-je détourné un instant mes regards, je vois sortir un page à ma livrée, lestement vêtu, tenant un flambeau allumé ; peu après, il revint conduisant sur ses pas mon camarade le Flamand et ses deux amis.

Préparés à quelque chose d'extraordinaire par l'arrivée et le compliment du page, ils ne l'étaient pas au changement qui s'était fait dans l'endroit où ils m'avaient laissé. Si je n'eusse pas eu la tête occupée, je me serais plus amusé de leur surprise ; elle éclata par leur cri, se manifesta par l'altération de leurs traits et par leurs attitudes.

« Messieurs, leur dis-je, vous avez fait beaucoup de chemin pour l'amour de moi, il nous en reste à faire pour regagner Naples : j'ai pensé que ce petit régal ne vous désobligerait pas, et que vous voudriez bien excuser le peu de choix et le défaut d'abondance en faveur de l'impromptu. »

Mon aisance les déconcerta plus encore que le changement de la scène et la vue de l'élégante collation à laquelle ils se voyaient invités. Je m'en aperçus, et résolus de terminer bientôt une aventure dont intérieurement je me défiais ; je voulus en tirer tout le parti possible, en forçant même la gaieté qui fait le fond de mon caractère.

Je les pressai de se mettre à table ; le page avançait les sièges avec une promptitude merveilleuse. Nous étions assis ; j'avais rempli les verres, distribué des fruits ; ma bouche seule s'ouvrait pour parler et manger, les autres restaient béantes ; cependant je les engageai à entamer les fruits, ma confiance les détermina. Je porte la santé de la plus jolie courtisane de Naples ; nous la buvons. Je parle d'un opéra nouveau, d'une *improvisatrice* romaine arrivée depuis peu, et dont les talents font du bruit à la cour. Je reviens sur les talents agréables, la musique, la sculpture ; et par occasion je les fais convenir de la beauté de quelques marbres qui font l'ornement du salon. Une bouteille se vide, et est remplacée par une meilleure. Le page se multiplie, et le service ne languit pas un instant. Je jette l'œil sur lui à la dérobée : figurez-vous l'Amour en trousse de page ; mes compagnons d'aventure le lorgnaient de leur côté d'un air où se peignaient la surprise, le plaisir et l'inquiétude. La monotonie de cette situation me déplut ; je vis qu'il était temps de la rompre. « Biondetto, dis-je au page, la signera Fiorentina m'a promis de me donner un instant ; voyez si elle ne serait point arrivée. » Biondetto sort de l'appartement.

Mes hôtes n'avaient point encore eu le temps de s'étonner de la bizarrerie du message, qu'une porte du salon s'ouvre, et Fiorentina entre tenant sa harpe ; elle était dans un déshabillé étoffé et modeste, un chapeau de voyage et un crêpe très-clair sur les yeux ; elle pose sa harpe à côté d'elle, salue avec aisance, avec grâce : « Seigneur don Alvare, dit-elle, je n'étais pas prévenue que vous eussiez compagnie ; je ne me serais point présentée vêtue comme je suis ; ces messieurs voudront bien excuser une voyageuse. »

Elle s'assied, et nous lui offrons à l'envi les reliefs de notre petit festin, auxquels elle touche par complaisance.

« Quoi ! madame, lui dis-je, vous ne faites que passer par Naples ? On ne saurait vous y retenir ?

— Un engagement déjà ancien m'y force, seigneur ; on a eu des bontés pour moi à Venise au carnaval dernier ; on m'a fait promettre de revenir, et j'ai touché des arrhes : sans cela, je n'aurais pu me refuser aux avantages que m'offrait ici la cour, et à l'espoir de mériter les suffrages de la noblesse napolitaine, distinguée par son goût au-dessus de toute celle d'Italie »

Les deux Napolitains se courbent pour répondre à l'éloge, saisis par la vérité de la scène au point de se frotter les yeux. Je pressai la virtuose de nous faire entendre un échantillon de son talent. Elle était enrhumée, fatiguée ; elle craignait avec justice de déchoir dans notre opinion. Enfin, elle se détermina à exécuter un récitatif *obligé* et une ariette pathétique qui terminaient le troisième acte de l'opéra dans lequel elle devait débuter.

Elle prend sa harpe, prélude avec une petite main longuette, potelée, tout à la fois blanche et purpurine, dont les doigts insensiblement arrondis par le bout étaient terminés par un ongle dont la forme et la grâce étaient inconcevables : nous étions tous surpris, nous croyions être au plus délicieux concert.

La dame chante. On n'a pas, avec plus de gosier, plus d'âme, plus d'expression : on ne saurait rendre plus, en chargeant moins. J'étais ému jusqu'au fond du cœur, et j'oubliais presque que j'étais le créateur du charme qui me ravissait.

La cantatrice m'adressait les expressions tendres de son récit et de son chant. Le feu de ses regards perçait à travers le voile ; il était d'un pénétrant, d'une douceur inconcevables ; ces yeux ne m'étaient pas inconnus. Enfin, en assemblant les traits tels que le voile me les laissait apercevoir, je reconnus dans Fiorentina le fripon de Biondetto ; mais l'élégance, l'avantage de la taille se faisaient beaucoup plus remarquer sous l'ajustement de femme que sous l'habit de page.

Quand la cantatrice eut fini de chanter, nous lui donnâmes de justes éloges. Je voulus l'engager à nous exécuter une ariette vive pour nous donner lieu d'admirer la diversité de ses talents.

« Non, répondit-elle ; je m'en acquitterais mal dans la disposition d'âme où je suis ; d'ailleurs, vous avez dû vous apercevoir de l'effort que j'ai fait pour vous obéir. Ma voix se ressent du voyage, elle est voilée. Vous êtes prévenus que je pars cette nuit. C'est un cocher de louage qui m'a conduite, je suis à ses ordres ; je vous demande en grâce d'agréer mes excuses, et de me permettre de me retirer. » En disant cela elle se lève, veut emporter sa harpe. Je la lui prends des mains, et, après l'avoir reconduite jusqu'à la porte par laquelle elle s'était introduite, je rejoins la compagnie.

Je devais avoir inspiré de la gaieté, et je voyais de la contrainte dans les regards : j'eus recours au vin de Chypre. Je l'avais trouvé délicieux, il m'avait rendu mes forces, ma présence d'esprit ; je doublai la dose. Comme l'heure s'avançait, je dis à mon page, qui s'était remis à son poste derrière mon siège, d'aller faire avancer ma voiture. Biondetto sort sur-le-champ, va remplir mes ordres. « Vous avez ici un équipage ? me dit Soberano.

— Oui, répliquai-je, je me suis fait suivre, et j'ai imaginé que si notre partie se prolongeait, vous ne seriez pas fâchés d'en revenir commodément. Buvons encore un coup, nous ne courrons pas les risques de faire de faux pas en chemin. »

Ma phrase n'était pas achevée, que le page rentre suivi de deux grands estafiers bien tournés, superbement vêtus à ma livrée. « Seigneur don Alvare, me dit Biondetto, je n'ai pu faire approcher votre voiture ; elle est au delà, mais tout auprès des débris dont ces lieux-ci sont entourés. Nous nous levons ; Biondetto et les estafiers nous précèdent ; on marche.

Comme nous ne pouvions pas aller quatre de front entre des bases et des colonnes brisées, Soberano, qui se trouvait seul à côté de moi, me serra la main. « Vous nous donnez un beau régal, ami ; il vous coûtera cher.

— Ami, répliquai-je, je suis très-heureux s'il vous a fait plaisir ; je vous le donne pour ce qu'il me coûte. »

Nous arrivons à la voiture ; nous trouvons deux autres estafiers, un cocher, un postillon, une voiture de campagne à mes ordres, aussi commode qu'on eût pu la désirer. J'en fais les honneurs, et nous prenons légèrement le chemin de Naples,

IV

NOUS gardâmes quelque temps le silence ; enfin un des amis de Soberano le rompt. « Je ne vous demande point votre secret, Alvare ; mais il faut que vous ayez fait des conventions singulières ; jamais personne ne fut servi comme vous l'êtes ; et depuis quarante ans que je travaille, je n'ai pas obtenu le quart des complaisances que l'on vient d'avoir pour vous dans une soirée. Je ne parle pas de la plus céleste vision qu'il soit possible d'avoir, tandis que l'on afflige nos yeux plus souvent que l'on ne songe à les réjouir ; enfin, vous savez vos affaires ; vous êtes jeune ; à votre âge on désire trop pour se laisser le temps de réfléchir, et on précipite ses jouissances. »

Bernadillo, c'était le nom de cet homme, s'écoutait en parlant, et me donnait le temps de penser à ma réponse.

« J'ignore, lui répliquai-je, par où j'ai pu m'attirer des faveurs distinguées ; j'augure qu'elles seront très-courtes, et ma consolation sera de les avoir toutes partagées avec de bons amis. » On vit que je me tenais sur la réserve, et la conversation tomba.

Cependant le silence amena la réflexion : je me rappelai ce que j'avais fait et vu ; je comparai les discours de Soberano et de Bernadillo ; et conclus que je venais de sortir du plus mauvais pas dans lequel une curiosité vaine et la témérité eussent jamais engagé un homme de ma sorte. Je ne manquais pas d'instruction ; j'avais été élevé jusqu'à treize ans sous les yeux de don Bernardo Maravillas, mon père, gentilhomme sans reproche, et par doña Mencia, ma mère, la femme la plus religieuse, la plus respectable qui fût dans l'Estrémadure. « Ô ma mère ! disais-je, que penseriez-vous de votre fils si vous l'aviez vu, si vous le voyiez encore ? Mais ceci ne durera pas, je m'en donne parole. »

Cependant la voiture arrivait à Naples. Je reconduisis chez eux les amis de Soberano. Lui et moi revînmes à notre quartier. Le brillant de mon équipage éblouit un peu la garde devant laquelle nous passâmes en revue, mais les grâces de Biondetto, qui était sur le devant du carrosse, frappèrent encore davantage les spectateurs.

Le page congédie la voiture et la livrée, prend un flambeau de la main des estafiers, et traverse les casernes pour me conduire à mon appartement. Mon valet de chambre, encore plus étonné que les autres, voulait parler pour me demander des nouvelles du nouveau train dont je venais de faire la montre. « C'en est assez, Carle, lui dis-je en entrant dans mon appartement, je n'ai pas besoin de vous : allez vous reposer, je vous parlerai demain. »

Nous sommes seuls dans ma chambre, et Biondetto a fermé la porte sur nous ; ma situation était moins embarrassante au milieu de la compagnie dont je venais de me séparer, et de l'endroit tumultueux que je venais de traverser.

Voulant terminer l'aventure, je me recueillis un instant. Je jette les yeux sur le page, les siens sont fixés vers la terre ; une rougeur lui monte sensiblement au visage ; sa contenance décèle de l'embarras et beaucoup d'émotion ; enfin je prends sur moi de lui parler.

« Biondetto, vous m'avez bien servi, vous avez même mis des grâces à ce que vous avez fait pour moi ; mais comme vous étiez payé d'avance, je pense que nous sommes quittes.

— Don Alvare est trop noble pour croire qu'il ait pu s'acquitter à ce prix.

— Si vous avez fait plus que vous ne me devez, si je vous dois de reste, donnez votre compte ; mais je ne vous réponds pas que vous soyez payé promptement. Le quartier courant est mangé ; je dois au jeu, à l'auberge, au tailleur…

— Vous plaisantez hors de propos.

— Si je quitte le ton de plaisanterie, ce sera pour vous prier de vous retirer, car il est tard, et il faut que je me couche.

— Et vous me renverriez incivilement, à l'heure qu'il est ? Je n'ai pas dû m'attendre à ce traitement de la part d'un cavalier espagnol. Vos amis savent que je suis venue ici ; vos soldats, vos gens m'ont vue et ont deviné mon sexe. Si j'étais une vile courtisane, vous auriez quelque égard pour les bienséances de mon état ; mais votre procédé pour moi est flétrissant, ignominieux : il n'est pas de femme qui n'en fût humiliée.

— Il vous plaît donc à présent d'être femme pour vous concilier des égards ? Eh bien, pour sauver le scandale de votre retraite, ayez pour vous le ménagement de la faire par le trou de la serrure.

— Quoi ! sérieusement, sans savoir qui je suis…

— Puis-je l'ignorer ?

— Vous l'ignorez, vous dis-je, vous n'écoutez que vos préventions ; mais, qui que je sois, je suis à vos pieds, les larmes aux yeux ; c'est à titre de client que je vous implore. Une imprudence plus grande que la vôtre, excusable peut-être, puisque vous en êtes l'objet, m'a fait aujourd'hui tout braver, tout sacrifier pour vous obéir, me donner à vous et vous suivre. J'ai révolté contre moi les passions les plus cruelles, les plus implacables ; il ne me reste de protection que la vôtre, d'asile que votre chambre : me la fermerez-vous, Alvare ? Sera-t-il dit qu'un cavalier espagnol aura traité avec cette rigueur, cette indignité, quelqu'un qui a sacrifié pour lui une âme sensible, un être faible dénué de tout autre secours que le sien ; en un mot, une personne de mon sexe ? »

Je me reculais autant qu'il m'était possible, pour me tirer d'embarras ; mais elle embrassait mes genoux, et me suivait sur les siens : enfin, je suis rangé contre le mur. « Relevez-vous, lui dis-je, vous venez sans y penser de me prendre par mon serment.

Quand ma mère me donna ma première épée, elle me fit jurer sur la garde de servir toute ma vie les femmes, et de n'en pas désobliger une seule. Quand ce serait ce que je pense, que c'est aujourd'hui…

— Eh bien ! cruel, à quelque titre que ce soit, permettez-moi de rester dans votre chambre.

— Je le veux pour la rareté du fait, et mettre le comble à la bizarrerie de mon aventure. Cherchez à vous arranger de manière à ce que je ne vous voie ni ne vous entende ; au premier mot, au premier mouvement capables de me donner de l'inquiétude, je grossis le son de ma voix pour vous demander à mon tour, *Che vuoi ?* »

Je lui tourne le dos, et m'approche de mon lit pour me déshabiller. « Vous aiderai-je ? me dit-on. — Non, je suis militaire et me sers moi-même. » Je me couche.

V

À travers la gaze de mon rideau, je vois le prétendu page arranger dans le coin de ma chambre une natte usée qu'il a trouvée dans une garde-robe. Il s'assied dessus, se déshabille entièrement, s'enveloppe d'un de mes manteaux qui était sur un siège, éteint la lumière, et la scène finit là pour le moment ; mais elle recommença bientôt dans mon lit, où ne pouvais trouver le sommeil.

Il semblait que le portrait du page fût attaché au ciel du lit et aux quatre colonnes ; je ne voyais que lui. Je m'efforçais en vain de lier avec cet objet ravissant l'idée du fantôme épouvantable que j'avais vu ; la première apparition servait à relever le charme de la dernière.

Ce chant mélodieux que j'avais entendu sous la voûte, ce son de voix ravissant, ce parler qui semblait venir du cœur, retentissaient encore dans le mien, et y excitaient un frémissement singulier.

Ah ! Biondetta ! disais-je, si vous n'étiez pas un être fantastique, si vous n'étiez pas ce vilain dromadaire !...

Mais à quel mouvement me laissé-je emporter ? J'ai triomphé de la frayeur, déracinons un sentiment plus dangereux. Quelle douceur puis-je en attendre ? Ne tiendrait-il pas toujours de son origine ?

Le feu de ses regards si touchants, si doux, est un cruel poison. Cette bouche si bien formée, si coloriée, si fraîche, et en apparence si naïve, ne s'ouvre que pour des impostures. Ce cœur, si c'en était un, ne s'échaufferait que pour une trahison.

Pendant que je m'abandonnais aux réflexions occasionnées par les mouvements divers dont j'étais agité, la lune, parvenue au haut de l'hémisphère et dans un ciel sans nuages, dardait tous ses rayons dans ma chambre à travers trois grandes croisées.

Je faisais des mouvements prodigieux dans mon lit ; il n'était pas neuf ; le bois s'écarte, et les trois planches qui soutenaient mon sommier tombent avec fracas.

Biondetta se lève, accourt à moi avec le ton de la frayeur. « Don Alvare, quel malheur vient de vous arriver ? »

Comme je ne la perdais pas de vue, malgré mon accident, je la vis se lever, accourir ; sa chemise était une chemise de page, et au passage, la lumière de la lune ayant frappé sur sa cuisse, avait paru gagner au reflet.

Fort peu ému du mauvais état de mon lit, qui ne m'exposait qu'à être un peu plus mal couché, je le fus bien davantage de me trouver serré dans les bras de Biondetta.

« Il ne m'est rien arrivé, lui dis-je, retirez-vous ; vous courez sur le carreau sans pantoufles, vous allez tous enrhumer, retirez-vous…

— Mais vous êtes mal à votre aise.

— Oui, vous m'y mettez actuellement ; retirez-vous, ou, puisque vous voulez être couchée chez moi et près de moi, je vous ordonnerai d'aller dormir dans cette toile d'araignée qui est à l'encoignure de ma chambre. » Elle n'attendit pas la fin de la menace, et alla se coucher sur sa natte en sanglotant tout bas.

La nuit s'achève, et la fatigue prenant le dessus, me procure quelques moments de sommeil. Je ne m'éveillai qu'au jour. On devine la route que prirent mes premiers regards. Je cherchai des yeux mon page.

Il était assis tout vêtu, à la réserve de son pourpoint, sur un petit tabouret ; il avait étalé ses cheveux qui tombaient jusqu'à terre, en couvrant, à boucles flottantes et naturelles, son dos et ses épaules, et même entièrement son visage.

Ne pouvant faire mieux, il démêlait sa chevelure avec ses doigts. Jamais peigne d'un plus bel ivoire ne se promena dans une plus épaisse forêt de cheveux blond-cendré ; leur finesse était égale à toutes les autres perfections ; un petit mouvement que j'avais fait ayant annoncé mon réveil, elle écarta avec ses doigts les boucles qui lui ombrageaient le visage. Figurez-vous l'aurore au printemps, sortant d'entre les vapeurs du matin avec sa rosée, ses fraîcheurs et tous ses parfums.

« Biondetta, lui dis-je, prenez un peigne ; il y en a dans le tiroir de ce bureau. » Elle obéit. Bientôt, à l'aide d'un ruban, ses cheveux sont rattachés sur sa tête avec autant d'adresse que d'élégance. Elle prend son pourpoint, met le comble à son ajustement, et s'assied sur son siège d'un air timide, embarrassé, inquiet, qui sollicitait vivement la compassion.

S'il faut, me disais-je, que je voie dans la journée mille tableaux plus piquants les uns que les autres, assurément je n'y tiendrai pas ; amenons le dénoûment, s'il est possible.

Je lui adresse la parole.

« Le jour est venu, Biondetta ; les bienséances sont

remplies, vous pouvez sortir de ma chambre sans craindre le ridicule.

— Je suis, me répondit-elle, maintenant au-dessus de cette frayeur ; mais vos intérêts et les miens m'en inspirent une beaucoup plus fondée : ils ne permettent pas que nous nous séparions.

— Vous vous expliquerez ? lui dis-je.

— Je vais le faire, Alvare.

« Votre jeunesse, votre imprudence, vous ferment les yeux sur les périls que nous avons rassemblés autour de nous. À peine vous vis-je sous la voûte, que cette contenance héroïque à l'aspect de la plus hideuse apparition décida mon penchant. Si, me dis-je à moi-même, pour parvenir au bonheur, je dois m'unir à un mortel, prenons un corps, il en est temps : voilà le héros digne de moi. Dussent s'en indigner les méprisables rivaux dont je lui fais le sacrifice ; dussé-je me voir exposée à leur ressentiment, à leur vengeance, que m'importe ? Aimée d'Alvare, unie avec Alvare, eux et la nature nous seront soumis. Vous avez vu la suite ; voici les conséquences.

» L'envie, la jalousie, le dépit, la rage, me préparent les châtiments les plus cruels auxquels puisse être soumis un être de mon espèce, dégradé par son choix, et vous seul pouvez m'en garantir. À peine est-il jour, et déjà les délateurs sont en chemin pour vous déférer, comme nécromancien, à ce tribunal que vous connaissez. Dans une heure…

— Arrêtez, m'écriai-je en me mettant les poings fermés sur les yeux, vous êtes le plus adroit, le plus insigne des faussaires. Vous parlez d'amour, vous en présentez l'image, vous en empoisonnez l'idée, je vous défends de m'en dire un mot. Laissez-moi me calmer assez, si je le puis, pour devenir capable de prendre une résolution.

S'il faut que je tombe entre les mains du tribunal, je ne balance pas, pour ce moment-ci, entre vous et lui ; mais si vous m'aidez à me tirer d'ici, à quoi m'engagerai-je ? Puis-je me séparer de vous quand je le voudrai ? Je vous somme de me répondre avec clarté et précision.

— Pour vous séparer de moi, Alvare, il suffira d'un acte de votre volonté. J'ai même regret que ma soumission soit forcée. Si vous méconnaissez mon zèle par la suite, vous serez imprudent, ingrat…

— Je ne crois rien, sinon qu'il faut que je parte. Je vais éveiller mon valet de chambre ; il faut qu'il me trouve de l'argent, qu'il aille à la poste. Je me rendrai à Venise près de Bentinelli, banquier de ma mère.

— Il vous faut de l'argent ? Heureusement je m'en suis précautionnée ; j'en ai à votre service…

— Gardez-le. Si vous étiez une femme, en l'acceptant je ferais une bassesse…

— Ce n'est pas un don, c'est un prêt que je vous propose. Donnez-moi un mandement sur le banquier ; faites un état de ce que vous devez ici. Laissez sur votre bureau un ordre à Carle pour payer. Disculpez-vous par lettre auprès de votre commandant, sur une affaire indispensable qui vous force à partir sans congé. J'irai à la poste vous chercher une voiture et des chevaux ; mais auparavant, Alvare, forcée à m'écarter de vous, je retombe dans toutes mes frayeurs ; dites : *Esprit qui ne t'es lié à un corps que pour moi, et pour moi seul, j'accepte ton vasselage et t'accorde ma protection.* »

En me prescrivant cette formule, elle s'était jetée à mes genoux, me tenait la main, la pressait, la mouillait de larmes.

J'étais hors de moi, ne sachant quel parti prendre ; je lui laisse ma main qu'elle baise, et je balbutie les mots qui lui semblaient si importants ; à peine ai-je fini qu'elle se relève : « Je suis à vous, s'écrie-t-elle avec transport ; je pourrai devenir la plus heureuse de toutes les créatures. »

En un moment, elle s'affuble d'un long manteau, rabat un grand chapeau sur ses yeux, et sort de ma chambre.

J'étais dans une sorte de stupidité. Je trouve un état de mes dettes. Je mets au bas l'ordre à Carle de le payer ; je compte l'argent nécessaire ; j'écris au commandant, à un de mes plus intimes, des lettres qu'ils durent trouver très-extraordinaires. Déjà la voiture et le fouet du postillon se faisaient entendre à la porte.

Biondetta, toujours le nez dans son manteau, revient et m'entraîne. Carle, éveillé par le bruit, paraît en chemise. « Allez, lui dis-je, à mon bureau, vous y trouverez mes ordres. Je monte en voiture ; je pars. »

VI

BIONDETTA était entrée avec moi dans la voiture ; elle était sur le devant. Quand nous fûmes sortis de la ville, elle ôta le chapeau qui la tenait à l'ombre. Ses cheveux étaient renfermés dans un filet cramoisi ; on n'en voyait que la pointe, c'étaient des perles dans du corail. Son visage, dépouillé de tout autre ornement, brillait de ses seules perfections. On croyait voir un transparent sur son teint. On ne pouvait concevoir comment la douceur, la candeur, la naïveté pouvaient s'allier au caractère de finesse qui brillait dans ses regards. Je me surpris faisant malgré moi ces remarques ; et les jugeant dangereuses pour mon repos, je fermai les yeux pour essayer de dormir.

Ma tentative ne fut pas vaine, le sommeil s'empara de mes sens et m'offrit les rêves les plus agréables, les plus propres à délasser mon âme des idées effrayantes et bizarres dont elle avait été fatiguée. Il fut d'ailleurs très-long, et ma mère, par la suite, réfléchissant un jour sur mes aventures, prétendit que cet assoupissement n'avait pas été naturel. Enfin, quand je m'éveillai, j'étais sur les bords du canal sur lequel on s'embarque pour aller à Venise. La nuit était avancée ; je me sens tirer par ma manche, c'était un portefaix ; il voulait se charger de mes ballots. Je n'avais pas même un bonnet de nuit.

Biondetta se présenta à une autre portière, pour me dire que le bâtiment qui devait me conduire était prêt. Je descends machinalement, j'entre dans la felouque et retombe dans ma léthargie.

Que dirai-je ? Le lendemain matin je me trouvai logé sur la place Saint-Marc, dans le plus bel appartement de la meilleure auberge de Venise. Je le connaissais ; je le reconnus sur-le-champ. Je vois du linge, une robe de chambre assez riche auprès de mon lit. Je soupçonnai que ce pouvait être une attention de l'hôte chez qui j'étais arrivé dénué de tout.

Je me lève et regarde si je suis le seul objet vivant qui soit dans la chambre ; je cherchais Biondetta.

Honteux de ce premier mouvement, je rendis grâce à ma bonne fortune. Cet esprit et moi ne sommes donc pas inséparables ; j'en suis délivré ; et après mon imprudence, si je ne perds que ma compagnie aux gardes, je dois m'estimer très-heureux.

Courage, Alvare, continuai-je ; il y a d'autres cours, d'autres souverains que celui de Naples ; ceci doit te corriger si tu n'es pas incorrigible, et tu te conduiras mieux. Si on refuse tes services, une mère tendre, l'Estrémadure et un patrimoine honnête te tendent les bras.

Mais que te voulait ce lutin, qui ne t'a pas quitté depuis vingt-quatre heures ? Il avait pris une figure bien séduisante ; il m'a donné de l'argent, je veux le lui rendre... Comme je parlais encore, je vois arriver mon créancier ; il m'amenait deux domestiques et deux gondoliers.

« Il faut, dit-il, que vous soyez servi, en attendant l'arrivée de Carle. On m'a répondu dans l'auberge de l'intelligence et de la fidélité de ces gens-ci, et voici les plus hardis patrons de la république.

— Je suis content de votre choix, Biondetta, lui dis-je ; vous êtes-vous logée ici ?

— J'ai pris, me répond le page, les yeux baissés, dans l'appartement même de Votre Excellence, la pièce la plus éloignée de celle que vous occupez, pour vous causer le moins d'embarras qu'il sera possible. »

Je trouvai du ménagement, de la délicatesse, dans cette attention à mettre de l'espace entre elle et moi. Je lui en sus gré.

Au pis-aller, disais-je, je ne saurais la chasser du vague de l'air, s'il lui plaît de s'y tenir invisible pour m'obséder. Quand elle sera dans une chambre connue, je pourrai calculer ma distance. Content de mes raisons, je donnai légèrement mon approbation à tout.

Je voulais sortir pour aller chez le correspondant de ma mère. Biondetta donna ses ordres pour ma toilette, et quand elle fut achevée, je me rendis où j'avais dessein d'aller.

Le négociant me fit un accueil dont j'eus lieu d'être surpris. Il était à sa banque ; de loin il me caresse de l'œil, vient à moi :

« Don Alvare, me dit-il, je ne vous croyais pas ici. Vous arrivez très à propos pour m'empêcher de faire une bévue ; j'allais vous envoyer deux lettres et de l'argent.

— Celui de mon quartier, répondis-je.

— Oui, répliqua-t-il, et quelque chose de plus. Voilà deux cents sequins en sus qui sont arrivés ce matin. Un vieux gentilhomme à qui j'en ai donné le reçu me les a remis de la part de doña Mencia. Ne recevant pas de vos nouvelles, elle vous a cru malade, et a chargé un Espagnol de votre connaissance de me les remettre pour vous les faire passer.

— Vous a-t-il dit son nom ?

— Je l'ai écrit dans le reçu ; c'est don Miguel Pimientos, qui dit avoir été écuyer dans votre maison. Ignorant votre arrivée ici, je ne lui ai pas demandé son adresse. »

Je pris l'argent. J'ouvris les lettres : ma mère se plaignait de sa santé, de ma négligence, et ne parlait pas des sequins qu'elle envoyait ; je n'en fus que plus sensible à ses bontés.

Me voyant la bourse aussi à propos et aussi bien garnie, je revins gaiement à l'auberge ; j'eus de la peine à trouver Biondetta dans l'espèce de logement où elle s'était réfugiée. Elle y entrait par un dégagement distant de ma porte ; je m'y aventurai par hasard, et la vis courbée près d'une fenêtre, fort occupée à rassembler et recoller les débris d'un clavecin.

« J'ai de l'argent, lui dis-je, et vous rapporte celui que vous m'avez prêté. » Elle rougit, ce qui lui arrivait toujours avant de parler ; elle chercha mon obligation, me la remit, prit la somme et se contenta de me dire que j'étais trop exact, et qu'elle eût désiré jouir plus longtemps du plaisir de m'avoir obligé.

« Mais je vous dois encore, lui dis-je, car vous avez les postes. » Elle en avait l'état sur la table. Je l'acquittai. Je sortais avec un sang-froid apparent ; elle me demanda mes ordres, je n'en eus pas à lui donner, et elle se remit tranquillement à son ouvrage ; elle me tournait le dos. Je l'observai quelque temps ; elle semblait très-occupée, et apportait à son travail autant d'adresse que d'activité.

Je revins rêver dans ma chambre. « Voilà, disais-je, le pair de ce Caldéron qui allumait la pipe de Soberano, et quoiqu'il ait l'air très-distingué, il n'est pas de meilleure maison. S'il ne se rend ni exigeant ni incommode, s'il n'a pas de prétentions, pourquoi ne le garderais-je pas ? Il m'assure, d'ailleurs, que pour le renvoyer il ne faut qu'un acte de ma volonté. Pourquoi me presser de vouloir tout à l'heure ce que je puis vouloir à tous les instants du jour ? » On interrompit mes réflexions en m'annonçant que j'étais servi.

Je me mis à table. Biondetta, en grande livrée, était derrière mon siège, attentive à prévenir mes besoins. Je n'avais pas besoin de me retourner pour la voir ; trois glaces disposées dans le salon répétaient tous ses mouvements. Le dîner fini, on dessert ; elle se retire.

L'aubergiste monte, la connaissance n'était pas nouvelle. On était en carnaval ; mon arrivée n'avait rien qui dût le surprendre. Il me félicita sur l'augmentation de mon train, qui supposait un meilleur état dans ma fortune, et se rabattit sur les louanges de mon page, le jeune homme le plus beau, le plus affectionné, le plus intelligent, le plus doux qu'il eût encore vu. Il me demanda si je comptais prendre part aux plaisirs du carnaval : c'était mon intention. Je pris un déguisement et montai dans ma gondole.

Je courus la place ; j'allai au spectacle, au *Ridotto*. Je jouai, je gagnai quarante sequins et rentrai assez tard, ayant cherché de la dissipation partout où j'avais cru pouvoir en trouver.

Mon page, un flambeau à la main, me reçoit au bas de l'escalier, me livre aux soins d'un valet de chambre et se retire, après m'avoir demandé à quelle heure j'ordonnais que l'on entrât chez moi. « À l'heure ordinaire », répondis-je, sans savoir ce que je disais, sans penser que personne n'était au fait de ma manière de vivre.

Je me réveillai tard le lendemain, et me levai promptement. Je jetai par hasard les yeux sur les lettres de ma mère, demeurées sur la table. « Digne femme ! m'écriai-je ; que fais-je ici ? Que ne vais-je me mettre à l'abri de vos sages conseils ? J'irai, ah ! j'irai, c'est le seul parti qui me reste. »

Comme je parlais haut, on s'aperçut que j'étais éveillé ; on entra chez moi, et je revis l'écueil de ma raison. Il avait l'air désintéressé, modeste, soumis, et ne m'en parut que plus dangereux. Il m'annonçait un tailleur et des étoffes ; le marché fait, il disparut avec lui jusqu'à l'heure du repas.

Je mangeai peu, et courus me précipiter à travers le tourbillon de mes amusements de la ville. Je cherchai les masques ; j'écoutai, je fis de froides plaisanteries, et terminai la scène par l'opéra, surtout le jeu, jusqu'alors ma passion favorite. Je gagnai beaucoup plus à cette seconde séance qu'à la première.

VII

DIX jours se passèrent dans la même situation de cœur et d'esprit, et à peu près dans des dissipations semblables ; je trouvai d'anciennes connaissances, j'en fis de nouvelles. On me présenta aux assemblées les plus distinguées ; je fus admis aux parties des nobles dans leurs casins.

Tout allait bien, si ma fortune au jeu ne s'était pas démentie ; mais je perdis au *ridotto*, en une soirée, treize cents sequins que j'avais amassés. On n'a jamais joué d'un plus grand malheur. À trois heures du matin, je me retirai, mis à sec, devant cent sequins à mes connaissances. Mon chagrin était écrit dans mes regards, et sur tout mon extérieur. Biondetta me parut affectée ; mais elle n'ouvrit pas la bouche.

Le lendemain je me levai tard. Je me promenais à grands pas dans ma chambre en frappant des pieds. On me sert, je ne mange point. Le service, enlevé, Biondetta reste, contre son ordinaire. Elle me fixe un instant, laisse échapper quelques larmes

: « Vous avez perdu de l'argent, don Alvare ; peut-être plus que vous n'en pouvez payer.

— Et quand cela serait, où trouverais-je le remède ?

— Vous m'offensez ; mes services sont toujours à vous au même prix ; mais ils ne s'étendraient pas loin, s'ils n'allaient qu'à vous faire contracter avec moi de ces obligations que vous vous croiriez dans la nécessité de remplir sur-le-champ. Trouvez bon que je prenne un siège ; je sens une émotion qui ne me permettrait pas de me soutenir debout ; j'ai, d'ailleurs, des choses importantes à vous dire. Voulez-vous vous ruiner ?... Pourquoi jouez-vous avec cette fureur, puisque vous ne savez pas jouer ?

— Tout le monde ne sait-il pas les jeux de hasard ? Quelqu'un pourrait-il me les apprendre ?

— Oui ; prudence à part, on apprend les jeux de chance, que vous appelez mal à propos jeux de hasard. Il n'y a point de hasard dans le monde ; tout y a été et sera toujours une suite de combinaisons nécessaires que l'on ne peut entendre que par la science des nombres, dont les principes sont, en même temps, et si abstraits et si profonds, qu'on ne peut les saisir si l'on n'est conduit par un maître ; mais il faut avoir su se le donner et se l'attacher. Je ne puis vous peindre cette connaissance sublime que par une image. L'enchaînement des nombres fait la cadence de l'univers, règle ce qu'on appelle les événements fortuits et prétendus déterminés, les forçant par des balanciers invisibles à tomber chacun à leur tour, depuis ce qui se passe d'important dans les sphères éloignées, jusqu'aux misérables petites chances qui vous ont aujourd'hui dépouillé de votre argent. »

Cette tirade scientifique dans une bouche enfantine, cette proposition un peu brusque de me donner un maître, m'occasionnèrent un léger frisson, un peu de cette sueur froide qui m'avait saisi sous la voûte de Portici. Je fixe Biondetta, qui baissait la vue. « Je ne veux pas de maître, lui dis-je ; je craindrais d'en trop apprendre ; mais essayez de me prouver qu'un gentilhomme peut savoir un peu plus que le jeu, et s'en servir sans compromettre son caractère. » Elle prit la thèse, et voici en substance l'abrégé de sa démonstration.

« La banque est combinée sur le pied d'un profit exorbitant qui se renouvelle à chaque taille ; si elle ne courait pas des risques, la république ferait à coup sûr un vol manifeste aux particuliers. Mais les calculs que nous pouvons faire sont supposés, et la banque a toujours beau jeu, en tenant contre une personne instruite sur dix mille dupes. »

La conviction fut poussée plus loin. On m'enseigna une seule combinaison, très-simple en apparence ; je n'en devinai pas les principes ; mais dès le soir même j'en connus l'infaillibilité par le succès.

En un mot, je regagnai en la suivant tout ce que j'avais perdu, payai mes dettes de jeu, et rendis en rentrant à Biondetta l'argent qu'elle m'avait prêté pour tenter l'aventure.

J'étais en fonds, mais plus embarrassé que jamais. Mes défiances s'étaient renouvelées sur les desseins de l'être dangereux dont j'avais agréé les services. Je ne savais pas décidément si je pourrais l'éloigner de moi ; en tout cas, je n'avais pas la force de le vouloir. Je détournais les yeux pour ne pas le voir où il était, et le voyais partout où il n'était pas.

Le jeu cessait de m'offrir une dissipation attachante. Le pharaon, que j'aimais passionnément, n'étant plus assaisonné par le risque, avait perdu tout ce qu'il avait de piquant pour moi. Les singeries du carnaval m'ennuyaient ; les spectacles m'étaient insipides. Quand j'aurais eu le cœur assez libre pour désirer de former une liaison parmi les femmes du haut parage, j'étais rebuté d'avance par la langueur, le cérémonial et la contrainte de la *cicisbeature*. Il me restait la ressource des casins des nobles, où je ne voulais plus jouer, et la société des courtisanes.

Parmi les femmes de cette dernière espèce, il y en avait quelques-unes plus distinguées par l'élégance de leur faste et l'enjouement de leur société, que par leurs agréments personnels. Je trouvais dans leurs maisons une liberté réelle dont j'aimais à jouir, une gaieté bruyante qui pouvait m'étourdir, si elle ne pouvait me plaire ; enfin un abus continuel de la raison qui me tirait pour quelques moments des entraves de la mienne. Je faisais des galanteries à toutes les femmes de cette espèce chez lesquelles j'étais admis, sans avoir de projet sur aucune ; mais la plus célèbre d'entre elles avait des desseins sur moi qu'elle fit bientôt éclater.

On la nommait Olympia. Elle avait vingt-six ans, beaucoup de beauté, de talents et d'esprit. Elle me laissa bientôt apercevoir du goût qu'elle avait pour moi, et sans en avoir pour elle, je me jetai à sa tête pour me débarrasser en quelque sorte de moi-même.

Notre liaison commença brusquement, et comme j'y trouvais peu de charmes, je jugeai qu'elle finirait de même, et qu'Olympia, ennuyée de mes distractions auprès d'elle, chercherait bientôt un amant qui lui rendît plus de justice, d'autant plus que nous nous étions pris sur le pied de la passion la plus désintéressée ; mais notre planète en décidait autrement. Il fallait sans doute, pour le châtiment de cette femme superbe et emportée, et pour me jeter dans des embarras d'une autre espèce, qu'elle conçût un amour effréné pour moi.

Déjà je n'étais plus le maître de revenir le soir à mon auberge, et j'étais accablé pendant la journée de billets, de messages et de surveillants.

On se plaignait de mes froideurs. Une jalousie qui n'avait pas encore trouvé d'objet s'en prenait à toutes les femmes qui pouvaient attirer mes regards, et aurait exigé de moi jusqu'à des incivilités pour elles, si l'on eût pu entamer mon caractère. Je me déplaisais dans ce tourment perpétuel, mais il fallait bien y vivre. Je cherchais de bonne foi à aimer Olympia, pour aimer quelque chose, et me distraire du goût dangereux que je me connaissais. Cependant, une scène plus vive se préparait.

J'étais sourdement observé dans mon auberge par les ordres de la courtisane. « Depuis quand, me dit-elle un jour, avez-vous ce beau page qui vous intéresse tant, à qui vous témoignez tant d'égards, et que vous ne cessez de suivre des yeux quand son service l'appelle dans votre appartement ? Pourquoi lui faites-vous observer cette retraite austère ? Car on ne le voit jamais dans Venise.

— Mon page, répondis-je, est un jeune homme bien né, de l'éducation duquel je suis chargé par devoir. C'est…

— C'est, reprit-elle, les yeux enflammés de courroux,

traître, c'est une femme. Une de mes affidées lui a vu faire sa toilette par le trou de la serrure…

— Je vous donne ma parole d'honneur que ce n'est pas une femme…

— N'ajoute pas le mensonge à la trahison. Cette femme pleurait, on l'a vue ; elle n'est pas heureuse. Tu ne sais que faire le tourment des cœurs qui se donnent à toi, Tu l'as abusée, comme tu m'abuses, et tu l'abandonnes. Renvoie à ses parents cette jeune personne ; et si tes prodigalités t'ont mis hors d'état de lui faire justice, qu'elle la tienne de moi. Tu lui dois un sort : je le lui ferai ; mais je veux qu'elle disparaisse demain.

— Olympia, repris-je le plus froidement qu'il me fut possible, je vous ai juré, je vous le répète et vous jure encore que ce n'est pas une femme ; et plût au ciel…

— Que veulent dire ces mensonges et ce Plût au ciel, monstre ? Renvoie-la, te dis-je, ou… Mais j'ai d'autres ressources ; je te démasquerai, et elle entendra raison, si tu n'es pas susceptible de l'entendre. »

Excédé par ce torrent d'injures et de menaces, mais affectant de n'être point ému, je me retirai chez moi, quoiqu'il fût tard.

Mon arrivée parut surprendre mes domestiques, et surtout Biondetta : elle témoigna quelque inquiétude sur ma santé ; je répondis qu'elle n'était point altérée.

Je ne lui parlais presque jamais depuis ma liaison avec Olympia, et il n'y avait eu aucun changement dans sa conduite à mon égard ; mais on en remarquait dans ses traits : il y avait sur le ton général de sa physionomie une teinte d'abattement et de mélancolie.

Le lendemain, à peine étais-je éveillé, que Biondetta entre dans ma chambre, une lettre ouverte à la main. Elle me la remet, et je lis :

AU PRÉTENDU BIONDETTO.

« Je ne sais qui vous êtes, madame, ni ce que vous pouvez faire chez don Alvare ; mais vous êtes trop jeune pour n'être pas excusable, et en de trop mauvaises mains pour ne pas exciter la compassion. Ce cavalier vous aura promis ce qu'il promet à tout le monde, ce qu'il me jure encore tous les jours, quoique déterminé à nous trahir. On dit que vous êtes sage autant que belle ; vous serez susceptible d'un bon conseil. Vous êtes en âge, madame, de réparer le tort que vous pouvez vous être fait ; une âme sensible vous en offre les moyens. On ne marchandera point sur la force du sacrifice que l'on doit faire pour assurer votre repos. Il faut qu'il soit proportionné à votre état, aux vues que l'on vous a fait abandonner, à celles que vous pouvez avoir pour l'avenir, et par conséquent vous réglerez tout vous-même. Si vous persistez à vouloir être trompée et malheureuse, et à en faire d'autres, attendez-vous à tout ce que le désespoir peut suggérer de plus violent à une rivale. J'attends votre réponse. »

Après avoir lu cette lettre, je la remis à Biondetta. « Répondez, lui dis-je, à cette femme qu'elle est folle, et vous savez mieux que moi combien elle est…

— Vous la connaissez, don Alvare, n'appréhendez-vous rien d'elle ?…

— J'appréhende qu'elle ne m'ennuie plus longtemps ; ainsi je la quitte ; et pour m'en délivrer plus sûrement, je vais louer ce matin une jolie maison que l'on m'a proposée sur la Brenta. » Je m'habillai sur-le-champ, et allai conclure mon marché. Chemin faisant, je réfléchissais aux menaces d'Olympia. Pauvre folle ! disais-je, elle veut tuer… Je ne pus jamais, et sans savoir pourquoi, prononcer le mot.

Dès que j'eus terminé mon affaire, je revins chez moi ; je dînai ; et, craignant que la force de l'habitude ne m'entraînât chez la courtisane, je me déterminai à ne pas sortir de la journée.

Je prends un livre. Incapable de m'appliquer à la lecture, je le quitte ; je vais à la fenêtre, et la foule, la variété des objets me choquent au lieu de me distraire. Je me promène à grands pas dans mon appartement, cherchant la tranquillité de l'esprit dans l'agitation continuelle du corps.

VIII

DANS cette course indéterminée, mes pas s'adressent vers une garde-robe sombre, où mes gens renfermaient les choses nécessaires à mon service qui ne devaient pas se trouver sous la main. Je n'y étais jamais entré. L'obscurité du lieu me plaît. Je m'assieds sur un coffre et y passe quelques minutes.

Au bout de ce court espace de temps, j'entends du bruit dans une pièce voisine ; un petit jour qui me donne dans les yeux m'attire vers une porte condamnée : il s'échappait par le trou de la serrure ; j'y applique l'œil.

Je vois Biondetta assise vis-à-vis de son clavecin, les bras croisés, dans l'attitude d'une personne qui rêve profondément. Elle rompit le silence.

« Biondetta ! Biondetta ! dit-elle. Il m'appelle Biondetta. C'est le premier, c'est le seul mot caressant qui soit sorti de sa bouche. »

Elle se tait, et paraît retomber dans sa rêverie. Elle pose enfin les mains sur le clavecin que je lui avais vu raccommoder. Elle avait devant elle un livre fermé sur le pupitre. Elle prélude et chante à demi-voix en s'accompagnant.

Je démêlai sur-le-champ que ce qu'elle chantait n'était pas une composition arrêtée. En prêtant mieux l'oreille, j'entendis mon nom, celui d'Olympia.

Elle improvisait en prose sur sa prétendue situation, sur celle de sa rivale, qu'elle trouvait bien plus heureuse que la sienne ; enfin, sur les rigueurs que j'avais pour elle, et les soupçons qui occasionnaient une défiance qui m'éloignait de mon bonheur. Elle m'aurait conduit dans la route des grandeurs, de la fortune et des sciences, et j'aurais fait sa félicité. « Hélas ! disait-elle, cela devient impossible. Quand il me connaîtrait pour ce que je suis, mes faibles charmes ne pourraient l'arrêter ; une autre… »

La passion l'emportait, et les larmes semblaient la

suffoquer. Elle se lève, va prendre un mouchoir, s'essuie et se rapproché de l'instrument ; elle veut se rasseoir, et, comme si le peu de hauteur du siège l'eût tenue ci-devant dans une attitude trop gênée, elle prend le livre qui était sur son pupitre, le met sur le tabouret, s'assied, et prélude de nouveau.

Je compris bientôt que la seconde scène de musique ne serait pas de l'espèce de la première. Je reconnus l'air d'une barcarolle fort en vogue alors à Venise. Elle le répéta deux fois ; puis, d'une voix plus distincte et plus assurée, elle chanta les paroles suivantes :

Dolce
Hé-las ! quel-le est ma chi - mè - - - - - re, Fil-le
Pour Al- va-re et pour la ter - - - - - re J'aban-
du ciel et des airs, Sans é -
don - ne l'u - - ni - - vers;
clat et sans puis - - san - ce Je m'a -
bais - se, jus-qu'aux fers, Et quelle est ma ré - com -
pen - se, On me dé - - dai - gne et je sers.

Hélas ! quelle est ma chimère
Fille du ciel et des airs,
Pour Alvare et pour la terre
J'abandonne l'univers ;
Sans éclat et sans puissance,
Je m'abaisse jusqu'aux fers ;
Et quelle est ma récompense ?
On me dédaigne et je sers.

Coursier, la main qui vous mène
S'empresse à vous caresser ;
On vous captive, on vous gêne,
Mais on craint de vous blesser.
Des efforts qu'on vous fait faire
Sur vous l'honneur rejaillit,
Et le frein qui vous modère
Jamais ne vous avilit.

Alvare, une autre t'engage,
Et m'éloigne de ton cœur :
Dis-moi par quel avantage
Elle a vaincu ta froideur ?
On pense qu'elle est sincère,
On s'en rapporte à sa foi ;
Elle plaît, je ne puis plaire ;
Le soupçon est fait pour moi.

La cruelle défiance
Empoisonne le bienfait.
On me craint en ma présence ;
En mon absence on me hait.
Mes tourments, je les suppose ;
Je gémis, mais sans raison ;
Si je parle, j'en impose...

Je me tais, c'est trahison.

Amour, tu fis l'imposture,
Je passe pour l'imposteur ;
Ah ! pour venger notre injure,
Dissipe enfin son erreur.
Fais que l'ingrat me connaisse ;
Et quel qu'en soit le sujet,
Qu'il déteste une faiblesse
Dont je ne suis pas l'objet.

Ma rivale est triomphante,
Elle ordonne de mon sort,
Et je me vois dans l'attente
De l'exil ou de la mort.
Ne brisez pas votre chaîne,
Mouvements d'un cœur jaloux ;
Vous éveilleriez la haine…
Je me contrains : taisez-vous !

Le son de la voix, le chant, le sens des vers, leur tournure, me jettent dans un désordre que je ne puis exprimer. « Être fantastique, dangereuse imposture ! m'écriai-je en sortant avec rapidité du poste où j'étais demeuré trop longtemps : peut-on mieux emprunter les traits de la vérité et de la nature ! Que je suis heureux de n'avoir connu que d'aujourd'hui le trou de cette serrure ! comme je serais venu m'enivrer, combien j'aurais aidé à me tromper moi-même ! Sortons d'ici. Allons sur la Brenta dès demain. Allons-y ce soir. »

J'appelle sur-le-champ un domestique, et fais dépêcher, dans une gondole, ce qui m'était nécessaire pour aller passer la nuit dans ma nouvelle maison.

Il m'eût été trop difficile d'attendre la nuit dans mon auberge. Je sortis. Je marchai au hasard. Au détour d'une rue, je crus voir entrer dans un café ce Bernadillo qui accompagnait Soberano dans notre promenade à Portici. « Autre fantôme ! dis-je ; ils me poursuivent. » J'entrai dans ma gondole, et courus tout Venise de canal en canal : il était onze heures quand je rentrai. Je voulus partir pour la Brenta, et mes gondoliers fatigués refusant le service, je fus obligé d'en faire appeler d'autres : ils arrivèrent, et mes gens, prévenus de mes intentions, me précèdent dans la gondole, chargés de leurs propres effets. Biondetta me suivait.

À peine ai-je les deux pieds dans le bâtiment, que des cris me forcent à me retourner. Un masque poignardait Biondetta : « Tu l'emportes sur moi ! meurs, meurs, odieuse rivale ! »

IX

L'EXÉCUTION fut si prompte, qu'un des gondoliers resté sur le rivage ne put l'empêcher. Il voulut attaquer l'assassin en lui portant le flambeau dans les yeux ; un autre masque accourt, et le repousse avec une action menaçante, une voix tonnante que je crus reconnaître pour celle de Bernadillo. Hors de moi, je m'élance de la gondole. Les meurtriers ont disparu. À l'aide du flambeau je vois Biondetta pâle, baignée dans son sang, expirante.

Mon état ne saurait se peindre. Toute autre idée s'efface. Je ne vois plus qu'une femme adorée, victime d'une prévention ridicule, sacrifiée à ma vaine et extravagante confiance, et accablée par moi, jusque-là, des plus cruels outrages.

Je me précipite ; j'appelle en même temps le secours et la vengeance. Un chirurgien, attiré par l'éclat de cette aventure, se présente. Je fais transporter la blessée dans mon appartement ; et, crainte qu'on ne la ménage point assez, je me charge moi-même de la moitié du fardeau.

Quand on l'eut déshabillée, quand je vis ce beau corps sanglant atteint de deux énormes blessures, qui semblaient devoir attaquer toutes deux les sources de la vie, je dis, je fis mille extravagances.

Biondetta, présumée sans connaissance, ne devait pas les entendre ; mais l'aubergiste et ses gens, un chirurgien, deux médecins, appelés, jugèrent qu'il était dangereux pour la blessée qu'on me laissât auprès d'elle. On m'entraîna hors de la chambre.

On laissa mes gens près de moi ; mais un d'eux ayant eu la maladresse de me dire que la faculté avait jugé les blessures mortelles, je poussai des cris aigus. Fatigué enfin par mes emportements, je tombai dans un abattement qui fut suivi du sommeil.

Je crus voir ma mère en rêve, je lui racontais mon aventure, et pour la lui rendre plus sensible, je la conduisais vers les ruines de Portici.

« N'allons pas là, mon fils, me disait-elle, vous êtes dans un danger évident. » Comme nous passions dans un défilé étroit où je m'engageais avec sécurité, une main tout à coup me pousse dans un précipice ; je la reconnais, c'est celle de Biondetta. Je tombais, une autre main me retire, et je me trouve entre les bras de ma mère. Je me réveille, encore haletant de frayeur. Tendre mère ! m'écriai-je, vous ne m'abandonnez pas, même en rêve.

Biondetta ! vous voulez me perdre ? Mais ce songe est l'effet du trouble de mon imagination. Ah ! chassons des idées qui me feraient manquer à la reconnaissance, à l'humanité.

J'appelle un domestique et fais demander des nouvelles. Deux chirurgiens veillent : on a beaucoup tiré dé sang ; on craint la fièvre.

Le lendemain, après l'appareil levé, on décida que les blessures n'étaient dangereuses que par la profondeur ; mais la fièvre survient, redouble, et il faut épuiser le sujet par de nouvelles saignées.

Je fis tant d'instances pour entrer dans l'appartement y qu'il ne fut pas possible de s'y refuser.

Biondetta avait le transport, et répétait sans cesse mon nom. Je la regardai ; elle ne m'avait jamais paru si belle.

Est-ce là, me disais-je, ce que je prenais pour un fantôme colorié, un amas de vapeurs brillantes uniquement rassemblées pour en imposer à mes sens ?

Elle avait la vie comme je l'ai, et la perd, parce que je n'ai jamais voulu l'entendre, parce que je l'ai volontairement exposée.

Je suis un tigre, un monstre.

Si tu meurs, objet le plus digne d'être chéri, et dont j'ai si indignement reconnu les bontés, je ne veux pas te survivre. Je mourrai après avoir sacrifié sur ta tombe la barbare Olympia !

Si tu m'es rendue, je serai à toi ; je reconnaîtrai tes bienfaits ; je couronnerai tes vertus, ta patience, je me lie par des liens indissolubles, et ferai mon devoir de te rendre heureuse par le sacrifice aveugle de mes sentiments et de mes volontés.

Je ne peindrai point les efforts pénibles de l'art et de la nature pour rappeler à la vie un corps qui semblait devoir succomber sous les ressources mises en œuvre pour le soulager.

Vingt et un jours se passèrent sans qu'on pût se décider entre la crainte et l'espérance : enfin, la fièvre se dissipa, et il parut que la malade reprenait connaissance.

Je l'appelai ma chère Biondetta, elle me serra la main. Depuis cet instant, elle reconnut tout ce qui était autour d'elle. J'étais à son chevet : ses yeux se tournèrent sur moi ; les miens étaient baignés de larmes.

Je ne saurais peindre, quand elle me regarda, les grâces, l'expression de son sourire. « Chère Biondetta ! reprit-elle ; je suis la chère Biondetta d'Alvare. »

Elle voulait m'en dire davantage : on me força encore une fois de m'éloigner.

Je pris le parti de rester dans sa chambre, dans un endroit où elle ne pût pas me voir. Enfin, j'eus la permission d'en approcher. « Biondetta, lui dis-je, je fais poursuivre vos assassins.

— Ah ! ménagez-les, dit-elle : ils ont fait mon bonheur. Si je meurs, ce sera pour vous ; si je vis, ce sera pour vous aimer. »

J'ai des raisons pour abréger ces scènes de tendresse qui se passèrent entre nous jusqu'au temps où les médecins m'assurèrent que je pouvais faire transporter Biondetta sur les bords de la Brenta, où l'air serait plus propre à lui rendre ses forces. Nous nous y établîmes.

Je lui avais donné deux femmes pour la servir, dès le premier instant où son sexe fut avéré par la nécessité de panser ses blessures. Je rassemblai autour d'elle tout ce qui pouvait contribuer à sa commodité, et ne m'occupai qu'à la soulager, l'amuser et lui plaire.

X

SES forces se rétablissaient à vue d'œil, et sa beauté semblait prendre chaque jour un nouvel éclat. Enfin, croyant pouvoir l'engager dans une conversation assez longue, sans intéresser sa santé : « Ô Biondetta ! lui dis-je, je suis comblé d'amour, persuadé que vous n'êtes point un être fantastique, convaincu que vous m'aimez, malgré les procédés révoltants que j'ai eus pour vous jusqu'ici. Mais vous savez si mes inquiétudes furent fondées. Développez-moi le mystère de l'étrange apparition qui affligea mes regards dans la voûte de Portici. D'où venaient, que devinrent ce monstre affreux, cette petite chienne qui précédèrent votre arrivée ? Comment, pourquoi les avez-vous remplacés pour vous attacher à moi ? Qui étaient-ils ? Qui êtes-vous ? Achevez de rassurer un cœur tout à vous, et qui veut se dévouer pour la vie.

— Alvare, répondit Biondetta, les nécromanciens, étonnés de votre audace, voulurent se faire un jeu de votre humiliation et parvenir par la voie de la terreur à vous réduire à l'état de vil esclave de leurs volontés. Ils vous préparaient d'avance à la frayeur, en vous provoquant à l'évocation du plus puissant et du plus redoutable de tous les esprits ; et par le secours de ceux dont la catégorie leur est soumise, ils vous présentèrent un spectacle qui vous eût fait mourir d'effroi, si la vigueur de votre âme n'eût fait tourner contre eux leur propre stratagème.

» À votre contenance héroïque, les Sylphes, les Salamandres, les Gnomes, les Ondins, enchantés de votre courage, résolurent de vous donner tout l'avantage sur vos ennemis.

» Je suis Sylphide d'origine, et une des plus considérables d'entre elles. Je parus sous la forme de la petite chienne ; je reçus vos ordres, et nous nous empressâmes tous à l'envi de les accomplir. Plus vous mettiez de hauteur, de résolution, d'aisance, d'intelligence à régler nos mouvements, plus nous redoublions d'admiration pour vous et de zèle.

» Vous m'ordonnâtes de vous servir en page, de vous amuser en cantatrice. Je me soumis avec joie, et goûtai de tels charmes dans mon obéissance, que je résolus de vous la vouer pour toujours.

» Décidons, me disais-je, mon état et mon bonheur. Abandonnée dans le vague de l'air à une incertitude nécessaire, sans sensations, sans jouissances, esclave des évocations des cabalistes, jouet de leurs fantaisies, nécessairement bornée dans mes prérogatives comme dans mes connaissances, balancerais-je davantage sur le choix des moyens par lesquels je puis ennoblir mon essence ?

» Il m'est permis de prendre un corps pour m'associer à un sage : le voilà. Si je me réduis au simple état de femme, si je perds par ce changement volontaire le droit naturel des Sylphides et l'assistance de mes compagnes, je jouirai du bonheur d'aimer et d'être aimée. Je servirai mon vainqueur ; je l'instruirai de la sublimité de son être, dont il ignore les prérogatives : il nous soumettra, avec les éléments dont j'aurai abandonné l'empire, les esprits de toutes les sphères. Il est fait pour être le roi du monde, et j'en serai la reine, et la reine adorée de lui.

» Ces réflexions, plus subites que vous ne pouvez le croire dans une substance débarrassée d'organes, me décidèrent sur-le-champ. En conservant ma figure, je prends un corps de femme pour ne le quitter qu'avec la vie.

» Quand j'eus pris un corps, Alvare, je m'aperçus que j'avais un cœur : je vous admirai, je vous aimai ; mais que devins-je, lorsque je ne vis en vous que de la répugnance, de la haine ! Je ne pouvais ni changer, ni même me repentir ; soumise à tous les revers auxquels sont sujettes les créatures de votre espèce, m'étant attiré le courroux des esprits, la haine implacable des nécromanciens, je devenais, sans votre protection, l'être le plus malheureux qui fût sous le ciel : que dis-je ? je le serais encore sans votre amour. »

Mille grâces répandues dans la figure, l'action, le son de la voix, ajoutaient au prestige de ce récit intéressant. Je ne concevais rien de ce que j'entendais. Mais qu'y avait-il de concevable dans mon aventure ? Tout ceci me paraît un songe me disais-je ; mais la vie humaine est-elle autre chose ? Je rêve plus extraordinairement qu'un autre, et voilà tout.

Je l'ai vue de mes yeux, attendant tout secours de l'art, arriver presque jusqu'aux portes de la mort, en passant par tous les termes de l'épuisement et de la douleur.

L'homme fut un assemblage d'un peu de boue et d'eau. Pourquoi une femme ne serait-elle pas faite de rosée, de vapeurs terrestres et de rayons de lumière, des débris d'un arc-en-ciel condensés ? Où est le possible ?... Où est l'impossible ?

Le résultat de mes réflexions fut de me livrer encore plus à mon penchant, en croyant consulter ma raison. Je comblais Biondetta de prévenances, de caresses innocentes. Elle s'y prêtait avec une franchise qui m'enchantait, avec cette pudeur naturelle qui agit sans être l'effet des réflexions ou de la crainte.

XI

UN mois s'était passé dans des douceurs qui m'avaient enivré. Biondetta, entièrement rétablie, pouvait me suivre partout à la promenade. Je lui avais fait faire un déshabillé d'amazone : sous ce vêtement, sous un grand chapeau ombragé de plumes, elle attirait tous les regards, et nous ne paraissions jamais que mon bonheur ne fît l'objet de l'envie de tous ces heureux citadins qui peuplent, pendant les beaux jours, les rivages enchantés de la Brenta ; les femmes mêmes semblaient avoir renoncé à cette jalousie dont on les accuse, ou subjuguées par une supériorité dont elles ne pouvaient disconvenir, ou désarmées par un maintien qui annonçait l'oubli de tous ses avantages.

Connu de tout le monde pour l'amant aimé d'un objet aussi ravissant, mon orgueil égalait mon amour, et je m'élevais encore davantage quand je venais à me flatter sur le brillant de son origine.

Je ne pouvais douter qu'elle ne possédât les connaissances les plus rares, et je supposais avec raison que son but était de m'en orner ; mais elle ne m'entretenait que de choses ordinaires, et semblait avoir perdu l'autre objet de vue. « Biondetta, lui dis-je, un soir que nous nous promenions sur la terrasse de mon jardin, lorsqu'un penchant trop flatteur pour moi vous décida à lier votre sort au mien, vous vous promettiez de m'en rendre digne en me donnant des connaissances qui ne sont point réservées au commun des hommes. Vous parais-je maintenant indigne de vos soins ? un amour aussi tendre, aussi délicat que le vôtre peut-il ne point désirer d'ennoblir son objet ?

— Ô Alvare ! me répondit-elle, je suis femme, depuis six mois, et ma passion, il me le semble, n'a pas duré un jour. Pardonnez si la plus douce des sensations enivre un cœur qui n'a jamais rien éprouvé. Je voudrais vous montrer à aimer comme moi ; et vous seriez, par ce sentiment seul, au-dessus de tous vos semblables ; mais l'orgueil humain aspire à d'autres jouissances. L'inquiétude naturelle ne lui permet pas de saisir un bonheur, s'il n'en peut envisager un plus grand dans la perspective. Oui, je vous instruirai, Alvare. J'oubliais avec plaisir mon intérêt ; il le veut, puisque je dois retrouver ma grandeur dans la vôtre ; mais il ne suffit pas de me promettre d'être avec moi, il faut que vous vous donniez et sans réserve et pour toujours. »

Nous étions assis sur un banc de gazon, sous un abri de chèvrefeuille au fond du jardin ; je me jetai à ses genoux. « Chère Biondetta, lui dis-je, je vous jure une fidélité à toute épreuve.

— Non, disait-elle, vous ne me connaissez pas, vous ne me connaissez pas ; il me faut un abandon absolu. Il peut seul me rassurer et me suffire. »

Je lui baisais la main avec transport, et redoublais mes serments ; elle m'opposait ses craintes. Dans le feu de la conversation, nos têtes se penchent, nos lèvres se rencontrent… Dans le moment, je me sens saisir par la basque de mon habit, et secouer d'une étrange force…

C'était mon chien, un jeune danois dont on m'avait fait présent. Tous les jours, je le faisais jouer avec mon mouchoir. Comme il s'était échappé de la maison la veille, je l'avais fait attacher pour prévenir une seconde évasion. Il venait de rompre son attache ; conduit par l'odorat, il m'avait trouvé, et me tirait par mon manteau pour me montrer sa joie et me solliciter au badinage ; j'eus beau le chasser de la main, de la voix, il ne fut pas possible de l'écarter : il courait, revenait sur moi en aboyant ; enfin, vaincu par son importunité, je le saisis par son collier et le reconduisis à la maison.

Comme je revenais au berceau pour rejoindre Biondetta, un domestique marchant presque sur mes talons nous avertit qu'on avait servi, et nous allâmes prendre nos places à table. Biondetta eût pu y paraître embarrassée. Heureusement, nous nous trouvions en tiers, un jeune noble était venu passer la soirée avec nous.

Le lendemain, j'entrai chez Biondetta, résolu de lui faire part des réflexions sérieuses qui m'avaient occupé pendant la nuit. Elle était encore au lit, et je m'assis auprès d'elle. « Nous avons, lui dis-je, pensé faire hier une folie dont je me fusse repenti le reste de mes jours. Ma mère veut absolument que je me marie. Je ne saurais être à d'autre qu'à vous, et ne puis point prendre d'engagement sérieux sans son aveu. Vous regardant déjà comme ma femme, chère Biondetta, mon devoir est de vous respecter.

— Eh ! ne dois-je pas vous respecter vous-même, Alvare ? Mais ce sentiment ne serait-il pas le poison de l'amour ?

— Vous vous trompez, repris-je, il en est l'assaisonnement…

— Bel assaisonnement ! qui vous ramène à moi d'un air glacé, et me pétrifie moi-même ! Ah ! Alvare ! Alvare ! je n'ai heureusement ni rime ni raison, ni père ni mère, et veux aimer de tout mon cœur sans cet assaisonnement-là. Vous devez des égards à votre mère : ils sont naturels ; il suffit que sa volonté ratifie l'union de nos cœurs, pourquoi faut-il qu'elle la précède ? Les préjugés sont nés chez vous au défaut de lumières, et soit en raisonnant, soit en ne raisonnant pas, ils rendent votre conduite aussi inconséquente que bizarre. Soumis à de véritables devoirs, vous vous en imposez qu'il est ou impossible ou inutile de remplir ; enfin vous cherchez à vous faire écarter de la route, dans la poursuite de l'objet dont la possession vous semble la plus désirable. Notre union, nos liens deviennent dépendants de la volonté d'autrui. Qui sait si doña Mencia me trouvera d'assez bonne maison pour entrer dans celle de Maravillas ? Et je me verrais dédaignée ? ou, au lieu de vous tenir de vous-même, il faudrait vous obtenir d'elle ? Est-ce un homme destiné à la haute science qui me parle, ou un enfant qui sort des montagnes de l'Estrémadure ? Et dois-je être sans délicatesse, quand je vois qu'on ménage celle des autres plus que la mienne ? Alvare ! Alvare ! on vante l'amour des Espagnols ; ils auront toujours plus d'orgueil et de morgue que d'amour. »

J'avais vu des scènes bien extraordinaires ; je n'étais point préparé à celle-ci. Je voulus excuser mon respect pour ma mère ; le devoir me le prescrivait, et la reconnaissance, l'attachement, plus forts encore que lui. On n'écoutait pas. « Je ne suis pas devenue femme pour rien, Alvare : vous me tenez de moi, je veux vous tenir de vous. Doña Mencia désapprouvera après, si elle est folle. Ne m'en parlez plus. Depuis qu'on me respecte, qu'on se respecte, qu'on respecte tout le monde, je deviens plus malheureuse que lorsqu'on me haïssait. » Et elle se mit à sangloter.

Heureusement je suis fier, et ce sentiment me garantit du mouvement de faiblesse qui m'entraînait aux pieds de Biondetta, pour essayer de désarmer cette déraisonnable colère et faire cesser des larmes dont la seule vue me mettait au désespoir. Je me retirai. Je passai dans mon cabinet. En m'y enchaînant, on m'eût rendu service ; enfin, craignant l'issue des combats que j'éprouvais, je cours à ma gondole : une des femmes de Biondetta se trouve sur mon chemin. « Je vais à Venise, lui dis-je. J'y deviens nécessaire pour la suite du procès intenté à Olympia ; » et sur-le-champ je pars, en proie aux plus dévorantes inquiétudes, mécontent de Biondetta et plus encore de moi, voyant qu'il ne me restait à prendre que des partis lâches ou désespérés.

XII

J'ARRIVE à la ville ; je touche à la première calle. Je parcours d'un air effaré toutes les rues qui sont sur mon passage, ne m'apercevant point qu'un orage affreux va fondre sur moi, et qu'il faut m'inquiéter pour trouver un abri.

C'était dans le milieu du mois de juillet. Bientôt je fus chargé par une pluie abondante mêlée de beaucoup de grêle.

Je vois une porte ouverte devant moi : c'était celle de l'église du grand couvent des Franciscains ; je m'y réfugie.

Ma première réflexion fut qu'il avait fallu un semblable accident pour me faire entrer dans une église depuis mon séjour dans les États de Venise ; la seconde fut de me rendre justice sur cet entier oubli de mes devoirs.

Enfin, voulant m'arracher à mes pensées, je considère les tableaux, et cherche à voir les monuments qui sont dans cette église : c'était une espèce de voyage curieux que je faisais autour de la nef et du chœur.

J'arrive enfin d'ans une chapelle enfoncée et qui était éclairée par une lampe, le jour extérieur n'y pouvant pénétrer ; quelque chose d'éclatant frappe mes regards dans le fond de la chapelle : c'était un monument.

Deux génies descendaient dans un tombeau de marbre noir une figure de femme.

Deux autres génies fondaient en larmes auprès de la tombe.

Toutes les figures étaient de marbre blanc, et leur éclat naturel, rehaussé par le contraste, en réfléchissant vivement la faible lumière de la lampe, semblait les faire briller d'un jour qui leur fût propre, et éclairer lui-même le fond de la chapelle.

J'approche ; je considère les figures ; elles me paraissent des plus belles proportions, pleines d'expression et de l'exécution la plus finie.

J'attache mes yeux sur la tête de la principale figure. Que deviens-je ? Je crois voir le portrait de ma mère. Une douleur vive et tendre, un saint respect me saisissent.

« Ô ma mère ! est-ce pour m'avertir que mon peu de tendresse et le désordre de ma vie vous conduiront au tombeau, que ce froid simulacre emprunte ici votre ressemblance chérie ? Ô la plus digne des femmes ! tout égaré qu'il est, votre Alvare vous a conservé tous vos droits sur son cœur. Avant de s'écarter de l'obéissance qu'il vous doit, il mourrait plutôt mille fois : il en atteste ce marbre insensible. Hélas ! je suis dévoré de la passion la plus tyrannique : il m'est impossible de m'en rendre maître désormais. Vous venez de parler à mes yeux ; parlez, ah ! parlez à mon cœur, et si je dois la bannir, enseignez-moi comment je pourrai faire sans qu'il m'en coûte la vie. »

En prononçant avec force cette pressante invocation, je m'étais prosterné la face contre terre, et j'attendais dans cette attitude la réponse que j'étais presque sûr de recevoir, tant j'étais enthousiasmé.

Je réfléchis maintenant, ce que je n'étais pas en état de faire alors, que dans toutes les occasions où nous avons besoin de secours extraordinaires pour régler notre conduite, si nous les demandons avec force, dussions-nous n'être pas exaucés, au moins, en nous recueillant pour les recevoir, nous nous mettons dans le cas d'user de toutes les ressources de notre propre prudence. Je méritais d'être abandonné à la mienne, et voici ce qu'elle me suggéra :

« Tu mettras un devoir à remplir et un espace considérable entre ta passion et toi ; les événements t'éclaireront. »

« Allons, dis-je en me relevant avec précipitation, allons ouvrir mon cœur à ma mère, et remettons-nous encore une fois sous ce cher abri. »

Je retourne à mon auberge ordinaire : je cherche une voiture, et, sans m'embarrasser d'équipages, je prends la route de Turin pour me rendre en Espagne par la France ; mais avant, je mets dans un paquet une note de trois cents sequins sur la banque, et la lettre qui suit :

« À MA CHÈRE BIONDETTA. » Je m'arrache d'auprès de

vous, ma chère Biondetta, et ce serait m'arracher à la vie, si l'espoir du plus prompt retour ne consolait mon cœur. Je vais voir ma mère ; animé par votre charmante idée, je triompherai d'elle, et viendrai former avec son aveu une union qui doit faire mon bonheur. Heureux d'avoir rempli mes devoirs avant de me donner tout entier à l'amour, je sacrifierai à vos pieds le reste de ma vie. Vous connaîtrez un Espagnol, ma Biondetta ; vous jugerez d'après sa conduite, que s'il obéit aux devoirs de l'honneur et du sang, il sait également satisfaire aux autres. En voyant l'heureux effet de ses préjugés, vous ne taxerez pas d'orgueil le sentiment qui l'y attache. Je ne puis douter de votre amour : il m'avait voué une entière obéissance ; je le reconnaîtrai encore mieux par cette faible condescendance à des vues qui n'ont pour objet que notre commune félicité. Je vous envoie ce qui peut être nécessaire pour l'entretien de notre maison. Je vous enverrai d'Espagne ce que je croirai le moins indigne de vous, en attendant que la plus vive tendresse qui fut jamais vous ramène pour toujours votre esclave. »

Je suis sur la route de l'Estrémadure. Nous étions dans la plus belle saison, et tout semblait se prêter à l'impatience que j'avais d'arriver dans ma patrie.

Je découvrais déjà les clochers de Turin, lorsqu'une chaise de poste assez mal en ordre ayant dépassé ma voiture, s'arrête et me laisse voir, à travers une portière, une femme qui fait des signes et s'élance pour en sortir.

Mon postillon s'arrête de lui-même ; je descends, et reçois Biondetta dans mes bras ; elle y reste pâmée sans connaissance ; elle n'avait pu dire que ce peu de mots : « Alvare ! vous m'avez abandonnée. »

Je la porte dans ma chaise, seul endroit où je pusse l'asseoir commodément : elle était heureusement à deux places. Je fais mon possible pour lui donner plus d'aisance à respirer, en la dégageant de ceux de ses vêtements qui la gênent ; et, la soutenant entre mes bras, je continue ma route dans la situation que l'on peut imaginer.

XIII

NOUS arrêtons à la première auberge de quelque apparence : je fais porter Biondetta dans la chambre la plus commode ; je la fais mettre sur un lit et m'assieds à côté d'elle. Je m'étais fait apporter des eaux spiritueuses, des élixirs propres à dissiper un évanouissement. À la fin elle ouvre les yeux.

« On a voulu ma mort, encore une fois, dit-elle ; on sera satisfait.

— Quelle injustice ! lui dis-je ; un caprice vous fait refuser à des démarches senties et nécessaires de ma part. Je risque de manquer à mon devoir si je ne sais pas vous résister, et je m'expose à des désagréments, à des remords qui troubleraient la tranquillité de notre union. Je prends le parti de m'échapper pour aller chercher l'aveu de ma mère…

— Et que ne me faites-vous connaître votre volonté, cruel ! Ne suis-je pas faite pour vous obéir ? Je vous aurais suivi. Mais m'abandonner seule, sans protection, à la vengeance des ennemis que je me suis faits pour vous, me voir exposée par votre faute aux affronts les plus humiliants…

— Expliquez-vous, Biondetta ; quelqu'un aurait-il osé ?…

— Et qu'avait-on à risquer contre un être de mon sexe, dépourvu d'aveu comme de toute assistance ? L'indigne Bernadillo nous avait suivis à Venise ; à peine avez-vous disparu, qu'alors, cessant de vous craindre, impuissant contre moi depuis que je suis à vous, mais pouvant troubler l'imagination des gens attachés à mon service, il a fait assiéger par des fantômes de sa création votre maison de la Brenta. Mes femmes, effrayées, m'abandonnent. Selon un bruit général, autorisé par beaucoup de lettres, un lutin a enlevé un capitaine aux gardes du roi de Naples et l'a conduit a Venise. On assure que je suis ce lutin, et cela se trouve presque avéré par les indices. Chacun s'écarte de moi avec frayeur. J'implore de l'assistance, de la compassion ; je n'en trouve pas. Enfin l'or obtient ce que l'on refuse à l'humanité. On me vend fort cher une mauvaise chaise : je trouve des guides, des postillons, je vous suis… »

Ma fermeté pensa s'ébranler au récit des disgrâces de Biondetta. « Je ne pouvais, lui dis-je, prévoir des événements de cette nature. Je vous avais vue l'objet des égards, des respects de tous les habitants des bords de la Brenta ; ce qui vous semblait si bien acquis, pouvais-je imaginer qu'on vous le disputerait dans mon absence ? Ô Biondetta ! vous êtes éclairée : ne deviez-vous pas prévoir qu'en contrariant des vues aussi raisonnables que les miennes, vous me porteriez à des résolutions désespérées ? Pourquoi…

— Est-on toujours maîtresse de ne pas contrarier ? Je suis femme par mon choix, Alvare, mais je suis femme enfin, exposée à ressentir toutes les impressions ; je ne suis pas de marbre. J'ai choisi entre les zones la matière élémentaire dont mon corps est composé ; elle est très-susceptible ; si elle ne l'était pas, je manquerais de sensibilité, vous ne me feriez rien éprouver et je vous deviendrais insipide. Pardonnez-moi d'avoir couru le risque de prendre toutes les imperfections de mon sexe, pour en réunir, si je pouvais, toutes les grâces ; mais la folie est faite, et constituée comme je le suis à présent, mes sensations sont d'une vivacité dont rien n'approche : mon imagination est un volcan. J'ai, en un mot, des passions d'une violence qui devrait vous effrayer, si vous n'étiez pas l'objet de la plus emportée de toutes, et si nous ne connaissions pas mieux les principes et les effets de ces élans naturels qu'on ne les connaît à Salamanque. On leur y donne des noms odieux ; on parle au moins de les étouffer. Étouffer une flamme céleste, le seul ressort au moyen duquel l'âme et le corps peuvent agir réciproquement l'un sur l'autre et se forcer de concourir au maintien nécessaire de leur union ! Cela est bien imbécile, mon cher Alvare ! Il faut régler ces mouvements, mais quelquefois il faut leur céder ; si on les contrarie, si on les soulève, ils échappent tous à la fois, et la raison ne sait plus où s'asseoir pour gouverner. Ménagez-moi dans ces moments-ci, Alvare ; je n'ai que six mois, je suis dans l'enthousiasme de tout ce que j'éprouve ; songez qu'un de vos refus, un mot que vous me dites inconsidérément, indignent l'amour, révoltent l'orgueil, éveillent le dépit, la défiance, la crainte ; que dis-je ? je vois d'ici ma pauvre tête perdue, et mon Alvare aussi malheureux que moi !

— Ô Biondetta ! repartis-je, on ne cesse pas de s'étonner auprès de vous ; mais je crois voir la nature même dans l'aveu que vous faites de vos penchants. Nous trouverons des ressources contre eux dans notre tendresse mutuelle. Que ne devons-nous pas espérer d'ailleurs des conseils de la mère qui va nous recevoir dans ses bras ? Elle vous chérira, tout m'en assure, et tout nous aidera à couler des jours heureux…

— Il faut vouloir ce que vous voulez, Alvare. Je connais mieux mon sexe et n'espère pas autant que vous ; mais je veux vous obéir pour vous plaire, et je me livre. »

Satisfait de me trouver sur la route de l'Espagne, de l'aveu et en compagnie de l'objet qui avait captivé ma raison et mes sens, je m'empressai de chercher le passage des Alpes pour arriver en France ; mais il semblait que le ciel me devenait contraire depuis que je n'étais pas seul : des orages affreux suspendent ma course et rendent les chemins mauvais et les passages impraticables. Les chevaux s'abattent ; ma voiture, qui semblait neuve et bien assemblée, se dément à chaque poste, et manque par l'essieu, ou par le train, ou par les roues. Enfin, après bien des traverses infinies, je parviens au col de Tende.

Parmi les sujets d'inquiétude, les embarras que me donnait un voyage aussi contrarié, 'admirais le personnage de Biondetta. Ce n'était plus cette femme tendre, triste ou emportée que j'avais vue ; il semblait qu'elle voulût soulager mon ennui en se livrant aux saillies de la gaieté la plus vive, et me persuader que les fatigues n'avaient rien de repoussant pour elle.

Tout ce badinage agréable était mêlé de caresses trop séduisantes pour que je pusse m'y refuser : je me livrais, mais avec réserve ; mon orgueil compromis servait de frein à la violence de mes désirs. Elle lisait trop bien dans mes yeux pour ne pas juger de mon désordre et chercher à l'augmenter. Je fus en péril, je dois en convenir. Une fois entre autres, si une roue ne se fût brisée, je ne sais ce que le point d'honneur fût devenu. Cela me mit un peu plus sur mes gardes pour l'avenir.

XIV

APRÈS des fatigues incroyables, nous arrivâmes à Lyon. Je consentis, par attention pour elle, à m'y reposer quelques jours. Elle arrêtait mes regards sur l'aisance, la facilité des mœurs de la nation française. « C'est à Paris, c'est à la cour que je voudrais vous voir établi. Les ressources d'aucune espèce ne vous y manqueront ; vous ferez la figure qu'il vous plaira d'y faire, et j'ai des moyens sûrs de vous y faire jouer le plus grand rôle ; les Français sont galants : si je ne présume point trop de ma figure, ce qu'il y aurait de plus distingué parmi eux viendrait me rendre hommage, et je les sacrifierais tous à mon Alvare. Le beau sujet de triomphe pour une vanité espagnole ! »

Je regardai cette proposition comme un badinage. « Non, dit-elle, j'ai sérieusement cette fantaisie...

— Partons donc bien vite pour l'Estrémadure, répliquai-je, et nous reviendrons faire présenter à la cour de France l'épouse de don Alvare Maravillas, car il ne vous conviendrait pas de ne vous y montrer qu'en aventurière...

— Je suis sur le chemin de l'Estrémadure, dit-elle, il s'en faut bien que je la regarde comme le terme où je dois trouver mon bonheur ; comment ferais-je pour ne jamais la rencontrer ? »

J'entendais, je voyais sa répugnance, mais j'allais à mon but, et je me trouvai bientôt sur le territoire espagnol. Les obstacles imprévus, les fondrières, les ornières impraticables, les muletiers ivres, les mulets rétifs, me donnaient encore moins de relâche que dans le Piémont et la Savoie.

On dit beaucoup de mal des auberges d'Espagne, et c'est avec raison ; cependant je m'estimais heureux quand les contrariétés éprouvées pendant le jour ne me forçaient pas de passer une partie de la nuit au milieu de la campagne, ou dans une grange écartée.

« Quel pays allons-nous chercher, disait-elle, à en juger

par ce que nous éprouvons ? En sommes-nous encore bien éloignés ?

— Vous êtes, repris-je, en Estrémadure, et à dix lieues tout au plus du château de Maravillas…

— Nous n'y arriverons certainement pas ; le ciel nous en défend les approches. Voyez les vapeurs dont il se charge. »

Je regardai le ciel, et jamais il ne m'avait paru plus menaçant. Je fis apercevoir à Biondetta que la grange où nous étions pouvait nous garantir de l'orage. « Nous garantira-t-elle aussi du tonnerre ? me dit-elle… — Et que vous fait le tonnerre, à vous, habituée à vivre dans les airs, qui l'avez vu tant de fois se former et devez si bien connaître son origine physique ? — Je ne craindrais pas, si je la connaissais moins : je me suis soumise par l'amour de vous aux causes physiques, et je les appréhende parce qu'elles tuent et qu'elles sont physiques. »

Nous étions sur deux tas de paille aux deux extrémités de la grange. Cependant l'orage, après s'être annoncé de loin, approche et mugit d'une manière épouvantable. Le ciel paraissait un brasier agité par les vents en mille sens contraires ; les coups de tonnerre, répétés par les antres des montagnes voisines, retentissaient horriblement autour de nous. Ils ne se succédaient pas, ils semblaient s'entre-heurter. Le vent, la grêle, la pluie, se disputaient entre eux à qui ajouterait le plus à l'horreur de l'effroyable tableau dont nos sens étaient affligés. Il part un éclair qui semble embraser notre asile ; un coup effroyable suit. Biondetta, les yeux fermés, les doigts dans les oreilles, vient se précipiter dans mes bras : « Ah ! Alvare, je suis perdue !… »

Je veux la rassurer. « Mettez la main sur mon cœur, disait-elle. » Elle me la place sur sa gorge, et quoiqu'elle se trompât en me faisant appuyer sur un endroit où le battement ne devait pas être le plus sensible, je démêlai que le mouvement était extraordinaire. Elle m'embrassait de toutes ses forces et redoublait à chaque éclair. Enfin un coup plus effrayant que tous ceux qui s'étaient fait entendre part : Biondetta s'y dérobe de manière qu'en cas d'accident il ne pût la frapper avant de m'avoir atteint moi-même le premier.

Cet effet de la peur me parut singulier, et je commençai à appréhender pour moi, non les suites de l'orage, mais celles d'un complot formé dans sa tête de vaincre ma résistance à ses vues. Quoique plus transporté que je ne puis le dire, je me lève : « Biondetta, lui dis-je, vous ne savez ce que vous faites. Calmez cette frayeur ; ce tintamarre ne menace ni vous ni moi. »

Mon flegme dut la surprendre ; mais elle pouvait me dérober ses pensées en continuant d'affecter du trouble. Heureusement la tempête avait fait son dernier effort. Le ciel se nettoyait, et bientôt la clarté de la lune nous annonça que nous n'avions plus rien à craindre du désordre des éléments.

Biondetta demeurait à la place où elle s'était mise. Je m'assis auprès d'elle sans proférer une parole : elle fit semblant de dormir et je me mis à rêver plus tristement que je n'eusse encore fait depuis le commencement de mon aventure, sur les suites nécessairement fâcheuses de ma passion. Je ne donnerai que le canevas de mes réflexions. Ma maîtresse était charmante, mais je voulais en faire ma femme.

Le jour m'ayant surpris dans ces pensées, je me levai pour aller voir si je pourrais poursuivre ma route. Cela me devenait impossible pour le moment. Le muletier qui conduisait ma calèche me dit que ses mulets étaient hors de service. Comme j'étais dans cet embarras, Biondetta vint me joindre.

Je commençais à perdre patience quand un homme d'une physionomie sinistre, mais vigoureusement taillé, parut devant la porte de la ferme, chassant devant lui deux mulets qui avaient de l'apparence. Je lui proposai de me conduire chez moi ; il savait le chemin, nous convînmes du prix.

J'allais remonter dans ma voiture, lorsque je crus reconnaître une femme de ma campagne qui traversait le chemin suivie d'un valet : je m'approche ; je la fixe. C'est Berthe, honnête fermière de mon village et sœur de ma nourrice. Je l'appelle ; elle s'arrête, me regarde à son tour, mais d'un air consterné. « Quoi ! c'est vous, me dit-elle, seigneur don Alvare ! Que venez-vous chercher dans un endroit où votre perte est jurée, où vous avez mis la désolation ?…

— Moi ! ma chère Berthe, et qu'ai-je fait ?…

— Ah ! seigneur Alvare, la conscience ne vous reproche-t-elle pas la triste situation à laquelle votre digne mère, notre bonne maîtresse, se trouve réduite ?

— Elle se meurt… elle se meurt ? m'écriai-je.

— Oui, poursuivit-elle, et c'est la suite du chagrin que vous lui avez causé ; au moment où je vous parle, elle ne doit pas être en vie. Il lui est venu des lettres de Naples, de Venise. On lui a écrit des choses qui font trembler. Notre bon seigneur, votre frère, est furieux : il dit qu'il sollicitera partout des ordres contre vous, qu'il vous dénoncera, vous livrera lui-même…

— Allez, madame Berthe, si vous retournez à Maravillas et y arrivez avant moi, annoncez à mon frère qu'il me verra bientôt. »

XV

SUR-LE-CHAMP, la calèche étant attelée, je présente la main à Biondetta, cachant le désordre de mon âme sous l'apparence de la fermeté. Elle se montrait effrayée : « Quoi ! dit-elle, nous allons nous livrer à votre frère ? nous allons aigrir par notre présence une famille irritée, des vassaux désolés…

— Je ne saurais craindre mon frère, madame ; s'il m'impute des torts que je n'ai pas, il est important que je le désabuse. Si j'en ai, il faut que je m'excuse, et comme ils ne viennent pas de mon cœur, j'ai droit à sa compassion et à son indulgence. Si j'ai conduit ma mère au tombeau par le dérèglement de ma conduite, j'en dois réparer le scandale, et pleurer si hautement cette perte, que la vérité, la publicité de mes regrets effacent aux yeux de toute l'Espagne la tache que le défaut de naturel imprimerait à mon sang.

— Ah ! don Alvare, vous courez à votre perte et à la mienne ; ces lettres écrites de tous côtés, ces préjugés répandus avec tant de promptitude et d'affectation, sont la suite de nos aventures et des persécutions que j'ai essuyées à Venise. Le traître Bernadillo, que vous ne connaissez pas assez, obsède votre frère ; il le portera…

— Eh ! qu'ai-je à redouter de Bernadillo et de tous les lâches de la terre ? Je suis, madame, le seul ennemi redoutable pour moi. On ne portera jamais mon frère à la vengeance aveugle, à l'injustice, à des actions indignes d'un homme de tête et de courage, d'un gentilhomme enfin [1]. » Le silence succède à cette conversation assez vive ; il eût pu devenir embarrassant pour l'un et l'autre : mais après quelques instants, Biondetta s'assoupit peu à peu, et s'endort.

Pouvais-je ne pas la regarder ? Pouvais-je la considérer sans émotion ? Sur ce visage brillant de tous les trésors, de la pompe enfin de la jeunesse, le sommeil ajoutait aux grâces naturelles du repos cette fraîcheur délicieuse, animée, qui rend tous les traits harmonieux ; un nouvel enchantement s'empare de moi : il écarte mes défiances ; mes inquiétudes sont suspendues, ou s'il m'en reste une assez vive, c'est que la tête de l'objet dont je suis épris, ballottée par les cahots de la voiture, n'éprouve quelque incommodité par la brusquerie ou la rudesse des frottements. Je ne suis plus occupé qu'à la soutenir, à la garantir. Mais nous en éprouvons un si vif, qu'il me devient impossible de le parer ; Biondetta jette un cri, et nous sommes renversés.

L'essieu était rompu ; les mulets heureusement s'étaient arrêtés. Je me dégage : je me précipite vers Biondetta, rempli des plus vives alarmes. Elle n'avait qu'une légère contusion au coude, et bientôt nous sommes debout en pleine campagne, mais exposés à l'ardeur du soleil en plein midi, à cinq lieues du château de ma mère, sans moyens apparents de pouvoir nous y rendre, car il ne s'offrait à nos regards aucun endroit qui parût être habité.

Cependant à force de regarder avec attention, je crois distinguer à la distance d'une lieue une fumée qui s'élève derrière un taillis, mêlé de quelques arbres assez élevés ; alors, confiant ma voiture à la garde du muletier, j'engage Biondetta à marcher avec moi du côté qui m'offre l'apparence de quelque secours.

Plus nous avançons, plus notre espoir se fortifie ; déjà la petite forêt semble se partager en deux : bientôt elle forme une avenue au fond de laquelle on aperçoit des bâtiments d'une structure modeste : enfin, une ferme considérable termine notre perspective.

Tout semble être en mouvement dans cette habitation, d'ailleurs isolée. Dès qu'on nous aperçoit, un homme se détache et vient au-devant de nous.

Il nous aborde avec civilité. Son extérieur est honnête : il est vêtu d'un pourpoint de satin noir taillé en couleur de feu, orné de quelques passements en argent. Son âge paraît être de vingt-cinq à trente ans. Il a le teint d'un campagnard ; la fraîcheur perce sous le hâle, et décèle la vigueur et la santé.

Je le mets au fait de l'accident qui m'attire chez lui. « Seigneur cavalier, me répondit-il, vous êtes toujours le bien arrivé, et chez des gens remplis de bonne volonté. J'ai ici une forge, et votre essieu sera rétabli : mais vous me donneriez aujourd'hui tout l'or de monseigneur le duc de Medina-Sidonia mon maître, que ni moi ni personne des miens ne pourrait se mettre à l'ouvrage. Nous arrivons de l'église, mon épouse et moi : c'est le plus beau de nos jours. Entrez. En voyant la mariée, mes parents, mes amis, mes voisins qu'il me faut fêter, vous jugerez s'il m'est possible de faire travailler maintenant. D'ailleurs, si madame et vous ne dédaignez pas une compagnie composée de gens qui subsistent de leur travail depuis le commencement de la monarchie, nous allons nous mettre à table, nous sommes tous heureux aujourd'hui ; il ne tiendra qu'à vous de partager notre satisfaction. Demain nous penserons aux affaires. »

En même, temps il donne ordre qu'on aille chercher ma voiture.

Me voilà hôte de Marcos, le fermier de monseigneur le duc, et nous entrons dans le salon préparé pour le repas de noce ; adossé au manoir principal, il occupe tout le fond de la cour : c'est une feuillée en arcades, ornée de festons de fleurs, d'où la vue, d'abord arrêtée par les deux petits bosquets, se perd agréablement dans la campagne, à travers l'intervalle qui forme l'avenue.

La table était servie. Luisia, la nouvelle mariée, est entre Marcos et moi : Biondetta est à côté de Marcos. Les pères et les mères, les autres parents sont vis-à-vis ; la jeunesse occupe les deux bouts.

La mariée baissait deux grands yeux noirs qui n'étaient pas faits pour regarder en dessous ; tout ce qu'on lui disait, et même les choses indifférentes, la faisaient sourire et rougir.

La gravité préside au commencement du repas : c'est le caractère de la nation ; mais à mesure que les outres disposées autour de la table se désenflent, les physionomies deviennent moins sérieuses.

On commençait à s'animer, quand tout à coup les poëtes improvisateurs de la contrée paraissent autour de la table. Ce sont des aveugles qui chantent les couplets suivants, en s'accompagnant de leurs guitares :

Marcos a dit à Louise :
Veux-tu mon cœur et ma foi ?
Elle a répondu : Suis-moi,
Nous parlerons à l'église.
Là, de la bouche et des yeux,
Ils se sont juré tous deux
Une flamme vive et pure :
Si vous êtes curieux
De voir des époux heureux,
Venez en Estrémadure.

Louise est sage, elle est belle,
Marcos a bien des jaloux ;
Mais il les désarme tous
En se montrant digne d'elle ;
Et tout ici, d'une voix,
Applaudissant à leur choix,
Vante une flamme aussi pure :
Si vous êtes curieux
De voir des époux heureux,

Venez en Estrémadure.

D'une douce sympathie,
Comme leurs cœurs sont unis !
Leurs troupeaux sont réunis
Dans la même bergerie ;
Leurs peines et leurs plaisirs,
Leurs soins, leurs vœux, leurs désirs
Suivent la même mesure :
Si vous êtes curieux
De voir des époux heureux,
Venez en Estrémadure.

Pendant qu'on écoutait ces chansons aussi simples que ceux pour qui elles semblaient être faites, tous les valets de la ferme n'étant plus nécessaires au service, s'assemblaient gaiement pour manger les reliefs du repas ; mêlés avec des Égyptiens et des Égyptiennes appelés pour augmenter le plaisir de la fête, ils formaient sous les arbres de l'avenue des groupes aussi agissants que variés, et embellissaient notre perspective.

Biondetta cherchait continuellement mes regards, et les forçait à se porter vers ces objets dont elle paraissait agréablement occupée, semblant me reprocher de ne point partager avec elle tout l'amusement qu'ils lui procuraient.

↑ Voir la note à la fin du volume.

XVI

Mais le repas a déjà paru trop long à la jeunesse, elle attend le bal. C'est aux gens d'un âge mûr à montrer de la complaisance. La table est dérangée, les planches qui la forment, les futailles dont elle est soutenue, sont repoussées au fond de la feuillée ; devenues tréteaux, elles servent d'amphithéâtre aux symphonistes. On joue le fandango sévillan, de jeunes Égyptiennes l'exécutent avec leurs castagnettes et leurs tambours de basque ; la noce se mêle avec elles et les imite : la danse est devenue générale.

Biondetta paraissait en dévorer des yeux le spectacle. Sans sortir de sa place, elle essaye tous les mouvements qu'elle voit faire.

« Je crois, dit-elle, que j'aimerais le bal à la fureur. » Bientôt elle s'y engage et me force à danser. D'abord elle montre quelque embarras et même un peu de maladresse : bientôt elle semble s'aguerrir et unir la grâce et la force à la légèreté, à la précision. Elle s'échauffe : il lui faut son mouchoir, le mien, celui qui lui tombe sous la main : elle ne s'arrête que pour s'essuyer.

La danse ne fut jamais ma passion ; et mon âme n'était point assez à son aise pour que je pusse me livrer à un amusement aussi vain. Je m'échappe et gagne un des bouts de la feuillée, cherchant un endroit où je pusse m'asseoir et rêver.

Un caquet très-bruyant me distrait, et arrête presque malgré moi mon attention. Deux voix se sont élevées derrière moi. « Oui, oui, disait l'une, c'est un enfant de la planète. Il entrera dans sa maison. Tiens, Zoradille, il est né le trois mai à trois heures du matin…

— Oh ! vraiment, Lélagise, répondait l'autre, malheur aux enfants de Saturne, celui-ci a Jupiter à l'ascendant, Mars et Mercure en conjonction trine avec Vénus. Ô le beau jeune homme ! quels, avantages naturels ! quelles espérances il pourrait concevoir ! quelle fortune il devrait faire ! mais… »

Je connaissais l'heure de ma naissance, et je l'entendais détailler avec la plus singulière précision. Je me retourne et fixe ces babillardes.

Je vois deux vieilles Égyptiennes moins assises qu'accroupies sur leurs talons. Un teint plus qu'olivâtre, des yeux creux et ardents, une bouche enfoncée, un nez mince et démesuré qui, partant du haut de la tête, vient en se recourbant toucher au menton ; un morceau d'étoffe qui fut rayé de blanc et de bleu tourne deux fois autour d'un crâne à demi pelé, tombe en écharpe sur l'épaule, et de là sur les reins, de manière qu'ils ne soient qu'à demi nus ; en un mot, des objets presque aussi révoltants que ridicules.

Je les aborde. « Parliez-vous de moi, mesdames ? leur dis-je, voyant qu'elles continuaient à me fixer et à se faire des signes…

— Vous nous écoutiez donc, seigneur cavalier ?

— Sans doute, répliquai-je ; et qui vous a si bien instruites de l'heure de ma nativité ?…

— Nous aurions bien d'autres choses à vous dire, heureux jeune homme ; mais il faut commencer par mettre le signe dans la main.

— Qu'à cela ne tienne, repris-je ; et sur-le-champ je leur donne un doublon.

— Vois, Zoradille ; dit la plus âgée, Vois comme il est noble, comme il est fait pour jouir de tous les trésors qui lui sont destinés. Allons, pince la guitare, et suis-moi. » Elle chante :

L'Espagne vous donna l'être,
Mais Parthénope vous a nourri :
La terre en vous voit son maître,
Du ciel, si vous voulez l'être,
Vous serez le favori.

Le bonheur qu'on vous présage
Est volage, et pourrait vous quitter.
Vous le tenez au passage :
Il faut, si vous êtes sage,
Le saisir sans hésiter.

Quel est cet objet aimable ?
Qui s'est soumis à votre pouvoir ?
Est-il…

Les vieilles étaient en train. J'étais tout oreilles. Biondetta a quitté la danse : elle est accourue, elle me tire par le bras, me force à m'éloigner.

« Pourquoi m'avez-vous abandonnée, Alvare ? Que faites-vous ici ?

— J'écoutais, repris-je…

— Quoi ! me dit-elle en m'entraînant, vous écoutiez ces vieux monstres ?…

— En vérité, ma chère Biondetta, ces créatures sont singulières : elles ont plus de connaissances qu'on ne leur en suppose ; elles me disaient…

— Sans doute, reprit-elle avec ironie, elles faisaient leur métier, elles vous disaient votre bonne aventure : et vous les croiriez ? Vous êtes, avec beaucoup d'esprit, d'une simplicité d'enfant. Et ce sont là les objets qui vous empêchent de vous occuper de moi ?…

— Au contraire, ma chère Biondetta, elles allaient me parler de vous.

— Parler de moi ! reprit-elle vivement, avec une sorte d'inquiétude, qu'en savent-elles ? qu'en peuvent-elles dire ? Vous extravaguez. Vous danserez toute la soirée pour me faire oublier cet écart. »

Je la suis : je rentre de nouveau dans le cercle, mais sans attention à ce qui se passe autour de moi, à ce que je fais moi-même. Je ne songeais qu'à m'échapper pour rejoindre, où je le pourrais, mes diseuses de bonne aventure. Enfin je crois voir un moment favorable : je le saisis. En un clin d'œil j'ai volé vers mes sorcières, les ai retrouvées et conduites sous un petit berceau qui termine le potager de la ferme. Là, je les supplie de me dire, en prose, sans énigme, très-succinctement, enfin, tout ce qu'elles peuvent savoir d'intéressant sur mon compte. La conjuration était forte, car j'avais les mains pleines d'or. Elles brûlaient de parler, comme moi de les entendre. Bientôt je ne puis douter qu'elles ne soient instruites des particularités les plus secrètes de ma famille, et confusément de mes liaisons avec Biondetta, de mes craintes, de mes espérances ; je croyais apprendre bien des choses, je me flattais d'en apprendre de plus importantes encore ; mais notre Argus est sur mes talons.

Biondetta n'est point accourue, elle a volé. Je voulais parler. « Point d'excuses, dit-elle, la rechute est impardonnable…

— Ah ! vous me la pardonnerez, lui dis-je, j'en suis sûr ;

quoique vous m'ayez empêché de m'instruire comme je pouvais l'être, dès à présent j'en sais assez…

— Pour faire quelque extravagance. Je suis furieuse, mais ce n'est pas ici le temps de quereller ; si nous sommes dans le cas de nous manquer d'égards, nous en devons à nos hôtes. On va se mettre à table, et je m'y assieds à côté de vous : je ne prétends plus souffrir que vous m'échappiez. »

Dans le nouvel arrangement du banquet, nous étions assis vis-à-vis des nouveaux mariés. Tous deux sont animés par les plaisirs de la journée : Marcos a les regards brûlants, Luisia les a moins timides : la pudeur s'en venge et lui couvre les joues du plus vif incarnat. Le vin de Xérès fait le tour de la table, et semble en avoir banni jusqu'à un certain point la réserve : les vieillards mêmes, s'animant du souvenir de leurs plaisirs passés, provoquent la jeunesse par des saillies qui tiennent moins de la vivacité que de la pétulance. J'avais ce tableau sous les yeux ; j'en avais un plus mouvant, plus varié à côté de moi.

Biondetta, paraissant tour à tour livrée à la passion ou au dépit, la bouche armée des grâces fières du dédain, ou embellie par le sourire, m'agaçait, me boudait, me pinçait jusqu'au sang, et finissait par me marcher doucement sur les pieds. En un mot, c'était en un moment une faveur, un reproche, un châtiment, une caresse : de sorte que livré à cette vicissitude de sensations, j'étais dans un désordre inconcevable.

XVII

LES mariés ont disparu : une partie des convives les a suivis pour une raison ou pour une autre. Nous quittons la table. Une femme, c'était la tante du fermier et nous le savions, prend un flambeau de cire jaune, nous précède, et en la suivant nous arrivons dans une petite chambre de douze pieds en carré : un lit qui n'en a pas quatre de largeur, une table et deux sièges en font l'ameublement. « Monsieur et madame, nous dit notre conductrice, voilà le seul appartement que nous puissions vous donner. » Elle pose son flambeau sur la table et on nous laisse seuls.

Biondetta baisse les yeux. Je lui adresse la parole : « Vous avez donc dit que nous étions mariés ?

— Oui, répond-elle, je ne pouvais dire que la vérité. J'ai votre parole, vous avez la mienne. Voilà l'essentiel. Vos cérémonies sont des précautions prises contre la mauvaise foi, et je n'en fais point de cas. Le reste n'a pas dépendu de moi. D'ailleurs, si vous ne voulez pas partager le lit que l'on nous abandonne, vous me donnerez la mortification de vous voir passer la nuit mal à votre aise. J'ai besoin de repos : je suis plus que fatiguée, je suis excédée de toutes les manières. » En prononçant ces paroles du ton le plus animé, elle s'étend dessus le lit le nez tourné vers la muraille. « Eh quoi ! m'écriai-je, Biondetta, je vous ai déplu, vous êtes sérieusement fâchée ! Comment puis-je expier ma faute ? demandez ma vie.

— Alvare, me répondit-elle sans se déranger, allez consulter vos Égyptiennes sur les moyens de rétablir le repos dans mon cœur et dans le vôtre.

— Quoi ! l'entretien que j'ai eu avec ces femmes est le motif de votre colère ? Ah ! vous allez m'excuser, Biondetta. Si vous saviez combien les avis qu'elles m'ont donnés sont d'accord avec les vôtres, et qu'elles m'ont enfin décidé à ne point retourner au château de Maravillas ! Oui, c'en est fait, demain nous partons pour Rome, pour Venise, pour Paris, pour tous les lieux que vous voudrez que j'aille habiter avec vous. Nous y attendrons l'aveu de ma famille… »

À ce discours, Biondetta se retourne. Son visage était sérieux et même sévère. « Vous rappelez-vous, Alvare, ce que je suis, ce que j'attendais de vous, ce que je vous conseillais de faire ? Quoi ! lorsqu'en me servant avec discrétion des lumières dont je suis douée, je n'ai pu vous amener à rien de raisonnable, la règle de ma conduite et de la vôtre sera fondée sur les propos de deux êtres les plus dangereux pour vous et pour moi, s'ils ne sont pas les plus méprisables ! Certes, s'écria-t-elle dans un transport de douleur, j'ai toujours craint les hommes ; j'ai balancé pendant des siècles à faire un choix ; il est fait, il est sans retour : je suis bien malheureuse ! » Alors elle fond en larmes, dont elle cherche à me dérober la vue.

Combattu par les passions les plus violentes, je tombe à ses genoux : « Ô Biondetta ! m'écriai-je, vous ne voyez pas mon cœur ! vous cesseriez de le déchirer.

— Vous ne me connaissez pas, Alvare, et me ferez cruellement souffrir avant de me connaître. Il faut qu'un dernier effort vous dévoile mes ressources, et ravisse si bien votre estime et votre confiance, que je ne sois plus exposée à des partages humiliants ou dangereux ; vos pythonisses sont trop d'accord avec moi pour ne pas m'inspirer de justes terreurs. Qui m'assure que Soberano, Bernadillo, vos ennemis et les miens, ne soient pas cachés sous ces masques ? Souvenez-vous de Venise. Opposons à leurs ruses un genre de merveilles qu'ils n'attendent sans doute pas de moi. Demain, j'arrive à Maravillas, dont leur politique cherche à m'éloigner ; les plus avilissants, les plus accablants de tous les soupçons vont m'y accueillir : mais doña Mencia est une femme juste, estimable ; votre frère a l'âme noble, je m'abandonnerai à eux. Je serai un prodige de douceur, de complaisance, d'obéissance, de patience, j'irai au-devant des épreuves. »

Elle s'arrête un moment. « Sera-ce assez t'abaisser, malheureuse sylphide ? » s'écrie-t-elle d'un ton douloureux.

Elle veut poursuivre ; mais l'abondance des larmes lui ôte l'usage de la parole.

Que devins-je à ces témoignages de passion, ces marques de douleur, ces résolutions dictées par la prudence, ces mouvements d'un courage que je regardais comme héroïque ! Je m'assieds auprès d'elle : j'essaye de la calmer par mes caresses ; mais d'abord on me repousse : bientôt après je n'éprouve plus de résistance, sans avoir sujet de m'en applaudir ; la respiration l'embarrasse, les yeux sont à demi fermés, le corps n'obéit qu'à des mouvements convulsifs, une froideur suspecte s'est répandue sur toute la peau, le pouls n'a plus de mouvement sensible, et le corps paraîtrait entièrement inanimé, si les pleurs ne coulaient pas avec la même abondance.

Ô pouvoir des larmes ! c'est sans doute le plus puissant de tous les traits de l'amour ! Mes défiances, mes résolutions, mes serments, tout est oublié. En voulant tarir la source de cette rosée précieuse, je me suis trop approché de cette bouche où la fraîcheur se réunit au doux parfum de la rose ; et si je voulais m'en éloigner, deux bras dont je ne saurais peindre la blancheur, la douceur et la forme, sont des liens dont il me devient impossible de me dégager.

. . . . « Ô mon Alvare ! s'écrie Biondetta, j'ai triomphé : je suis le plus heureux de tous les êtres. »

Je n'avais pas la force de parler : j'éprouvais un trouble extraordinaire : je dirai plus ; j'étais honteux, immobile. Elle se précipite à bas du lit : elle est à mes genoux : elle me déchausse. « Quoi ! chère... Biondetta, m'écriai-je, quoi ! vous vous abaissez...

— Ah ! répond-elle, ingrat, je te servais lorsque tu n'étais que mon despote : laisse-moi servir mon amant. »

Je suis dans un moment débarrassé de mes hardes : mes cheveux, ramassés avec ordre, sont arrangés dans un filet qu'elle a trouvé dans sa poche.

Sa force, son activité, son adresse ont triomphé de tous les obstacles que je voulais opposer. Elle fait avec la même promptitude sa petite toilette de nuit, éteint le flambeau qui nous éclairait, et voilà les rideaux tirés.

Alors avec une voix à la douceur de laquelle la plus délicieuse musique ne saurait se comparer : « Ai-je fait, dit-elle, le bonheur de mon Alvare comme il a fait le mien ? Mais non : je suis encore la seule heureuse : il le sera, je le veux ; je l'enivrerai de délices ; je le remplirai de sciences ; je l'élèverai au faîte des grandeurs. Voudras-tu, mon cœur, voudras-tu être la créature la plus privilégiée, te soumettre avec moi les hommes, les éléments, la nature entière ?

— Ô ma chère Biondetta ! lui dis-je, quoiqu'en faisant un peu d'efforts sur moi-même, tu me suffis : tu remplis tous les vœux de mon cœur...

— Non, non, répliqua-t-elle vivement, Biondetta ne doit

pas te suffire : ce n'est pas là mon nom : tu me l'avais donné : il me flattait ; je le portais avec plaisir : mais il faut que tu saches qui je suis... Je suis le diable, mon cher Alvare, je suis le diable... »

En prononçant ce mot avec une douceur enchanteresse, elle fermait, plus qu'exactement, le passage aux réponses que j'aurais voulu lui faire. Dès que je pus rompre le silence : « Cesse, lui dis-je, ma chère Biondetta, ou qui que tu sois, de prononcer ce nom fatal et de me rappeler une erreur abjurée depuis longtemps.

— Non, mon cher Alvare, non, ce n'était point une erreur ; j'ai dû te le faire croire, cher petit homme. Il fallait bien te tromper pour te rendre enfin raisonnable. Votre espèce échappe à la vérité : ce n'est qu'en vous aveuglant qu'on peut vous rendre heureux. Ah ! tu le seras beaucoup si tu veux l'être ! je prétends te combler. Tu conviens déjà que je ne suis pas aussi dégoûtant que l'on me fait noir. »

Ce badinage achevait de me déconcerter. Je m'y refusais, et l'ivresse de mes sens aidait à ma distraction volontaire.

« Mais, réponds-moi donc, » me disait-elle.

— Eh ! que voulez-vous que je réponde ?...

— Ingrat, place la main sur ce cœur qui t'adore ; que le tien s'anime, s'il est possible, de la plus légère des émotions qui sont si sensibles dans le mien. Laisse couler dans tes veines un peu de cette flamme délicieuse par qui les miennes sont embrasées ; adoucis si tu le peux le son de cette voix si propre à inspirer l'amour, et dont tu ne te sers que trop pour effrayer mon âme timide ; dis-moi, enfin, s'il t'est possible, mais aussi tendrement que je l'éprouve pour toi : Mon cher Béelzébuth, je t'adore... »

XVIII

ce nom fatal, quoique si tendrement prononcé, une frayeur mortelle me saisit ; l'étonnement, la stupeur accablent mon âme : je la croirais anéantie si la voix sourde du remords ne criait pas au fond de mon cœur. Cependant, la révolte de mes sens subsiste d'autant plus impérieusement qu'elle ne peut être réprimée par la raison. Elle me livre sans défense à mon ennemi : il en abuse et me rend aisément sa conquête.

Il ne me donne pas le temps de revenir à moi, de réfléchir sur la faute dont il est beaucoup plus l'auteur que le complice. « Nos affaires sont arrangées, me dit-il, sans altérer sensiblement ce ton de voix auquel il m'avait habitué. Tu es venu me chercher : je t'ai suivi, servi, favorisé ; enfin, j'ai fait ce que tu as voulu. Je désirais ta possession, et il fallait, pour que j'y parvinsse, que tu me fisses un libre abandon de toi-même. Sans doute, je dois à quelques artifices la première complaisance ; quant à la seconde, je m'étais nommé : tu savais à qui tu te livrais, et ne saurais te prévaloir de ton ignorance. Désormais notre lien, Alvare, est indissoluble ; mais pour cimenter notre société, il est important de nous mieux connaître. Comme je te sais déjà presque par cœur, pour rendre nos avantages réciproques, je dois me montrer à toi tel que je suis. »

On ne me donne pas le temps de réfléchir sur cette harangue singulière : un coup de sifflet très-aigu part à côté de moi. À l'instant l'obscurité qui m'environne se dissipe : la corniche qui surmonte le lambris de la chambre s'est toute chargée de gros limaçons ; leurs cornes, qu'ils font mouvoir vive ment et en manière de bascule, sont devenues des jets de lumière phosphorique, dont l'éclat et l'effet redoublent par l'agitation et l'allongement.

Presque ébloui par cette illumination subite, je jette les yeux à côté de moi ; au lieu d'une figure ravissante, que vois-je ? Ô ciel ! c'est l'effroyable tête de chameau. Elle articule d'une voix de tonnerre ce ténébreux *Che vuoi* qui m'avait tant épouvanté dans la grotte, part d'un éclat de rire humain plus effrayant encore, tire une langue démesurée…

Je me précipite ; je me cache sous le lit, les yeux fermés, la face contre terre. Je sentais battre mon cœur avec une force terrible : j'éprouvais un suffoquement comme si j'allais perdre la respiration.

Je ne puis évaluer le temps que je comptais avoir passé dans cette inexprimable situation, quand je me sens tirer par le bras ; mon épouvante s'accroît : forcé néanmoins d'ouvrir les yeux, une lumière frappante les aveugle.

Ce n'était point celle des escargots, il n'y en avait plus sur les corniches ; mais le soleil me donnait d'aplomb sur le visage. On me tire encore par le bras : on redouble ; je reconnais Marcos.

« Eh ! seigneur cavalier, me dit-il, à quelle heure comptez-vous donc partir ? Si vous voulez arriver à Maravillas aujourd'hui, vous n'avez pas de temps à perdre, il est près de midi. »

Je ne répondais pas : il m'examine : « Comment ! vous êtes resté tout habillé sur votre lit : vous y avez donc passé quatorze heures sans vous éveiller ? Il fallait que vous eussiez un grand besoin de repos. Madame votre épouse s'en est doutée : c'est sans doute dans la crainte de vous gêner qu'elle a été passer la nuit avec une de mes tantes ; mais elle a été plus diligente que vous ; par ses ordres, dès le matin tout a été mis en état dans votre voiture, et vous pouvez y monter. Quant à madame, vous ne la trouverez pas ici : nous lui avons donné une bonne mule ; elle a voulu profiter de la fraîcheur du matin ; elle vous précède, et doit vous attendre dans le premier village que vous rencontrerez sur votre route. »

Marcos sort. Machinalement je me frotte les yeux, et passe les mains sur ma tête pour y trouver ce filet dont mes cheveux devaient être enveloppés…

Elle est nue, en désordre, ma cadenette est comme elle était la veille : la rosette y tient. Dormirais-je ? me dis-je alors. Ai-je dormi ? serais-je assez heureux pour que tout n'eût été qu'un songe ? Je lui ai vu éteindre la lumière… Elle l'a éteinte… La voilà…

Marcos rentre. « Si vous voulez prendre un repas, seigneur cavalier, il est préparé. Votre voiture est attelée. »

Je descends du lit ; à peine puis-je me soutenir, mes jarrets plient sous moi. Je consens à prendre quelque nourriture, mais cela me devient impossible. Alors, voulant remercier le fermier et l'indemniser de la dépense que je lui ai occasionnée, il refuse.

« Madame, me répondit-il, nous a satisfaits et plus que noblement ; vous et moi, seigneur cavalier, avons deux braves femmes. » À ce propos, sans rien répondre, je monte dans ma chaise : elle chemine.

Je ne peindrai point la confusion de mes pensées : elle était telle, que l'idée du danger dans lequel je devais trouver ma mère ne s'y retraçait que faiblement. Les yeux hébétés, la bouche béante, j'étais moins un homme qu'un automate.

Mon conducteur me réveille. « Seigneur cavalier, nous devons trouver madame dans ce village-ci. »

Je ne lui réponds rien. Nous traversions une espèce de bourgade ; à chaque maison il s'informe si l'on n'a pas vu passer une jeune dame en tel et tel équipage. On lui répond qu'elle ne s'est point arrêtée. Il se retourne, comme voulant lire sur mon visage mon inquiétude à ce sujet. Et, s'il n'en savait pas plus que moi, je devais lui paraître bien troublé.

Nous sommes hors du village, et je commence à me flatter que l'objet actuel de mes frayeurs s'est éloigné au moins pour quelque temps. Ah ! si je puis arriver, tomber aux genoux de doña Mencia, me dis-je à moi-même, si je puis me mettre sous la sauvegarde de ma respectable mère, fantômes, monstres qui vous êtes acharnés sur moi, oserez-vous violer cet asile ? J'y retrouverai avec les sentiments de la nature les principes salutaires dont je m'étais écarté, je m'en ferai un rempart contre vous.

Mais si les chagrins occasionnés par mes désordres m'ont privé de cet ange tutélaire… Ah ! je ne veux vivre que pour la venger sur moi-même. Je m'ensevelirai dans un cloître… Eh ! qui m'y délivrera des chimères engendrées dans mon cerveau ? Prenons l'état ecclésiastique. Sexe charmant, il faut que je renonce à vous : une larve infernale s'est revêtue de toutes les grâces dont j'étais idolâtre ; ce que je verrais en vous de plus touchant me rappellerait…

XIX

AU milieu de ces réflexions, dans lesquelles mon attention est concentrée, la voiture est entrée dans la grande cour du château. J'entends une voix :« C'est Alvare ! c'est mon fils ! » J'élève la vue et reconnais ma mère sur le balcon de son appartement.

Rien n'égale alors la douceur, la vivacité du sentiment que j'éprouve. Mon âme semble renaître : mes forces se raniment toutes à la fois. Je me précipite, je vole dans les bras qui m'attendent. Je me prosterne. Ah ! m'écriai-je les yeux baignés de pleurs, la voix entrecoupée de sanglots, ma mère ! ma mère ! je ne suis donc pas votre assassin ? Me reconnaîtrez-vous pour votre fils ? Ah ! ma mère, vous m'embrassez…

La passion qui me transporte, la véhémence de mon action ont tellement altéré mes traits et le son de ma voix, que doña Mencia en conçoit de l'inquiétude. Elle me relève avec bonté, m'embrasse de nouveau, me force à m'asseoir. Je voulais parler : cela m'était impossible ; je me jetais sur ses mains en les baignant de larmes, en les couvrant des caresses les plus emportées.

Doña Mencia me considère d'un air d'étonnement : elle suppose qu'il doit m'être arrivé quelque chose d'extraordinaire ; elle appréhende même quelque dérangement dans ma raison. Tandis que son inquiétude, sa curiosité, sa bonté, sa tendresse, se peignent dans ses complaisances et dans ses regards, sa prévoyance a fait rassembler sous ma main ce qui peut soulager les besoins d'un voyageur fatigué par une route longue et pénible.

Les domestiques s'empressent à me servir. Je mouille mes lèvres par complaisance : mes regards distraits cherchent mon frère ; alarmé de ne le pas voir : « Madame, dis-je, où est l'estimable don Juan ?

— Il sera bien aise de savoir que vous êtes ici, puisqu'il vous avait écrit de vous y rendre ; mais comme ses lettres, datées de Madrid, ne peuvent être parties que depuis quelques jours, nous ne vous attendions pas sitôt. Vous êtes colonel du régiment qu'il avait, et le roi vient de le nommer à une vice-royauté dans les Indes.

— Ciel ! m'écriai-je, tout serait-il faux dans le songe affreux que je viens de faire ? Mais il est impossible…

— De quel songe parlez-vous, Alvare ?..

— Du plus long, du plus étonnant, du plus effrayant que l'on puisse faire. Alors, surmontant l'orgueil et la honte, je lui fais le détail de ce qui m'était arrivé depuis mon entrée dans la grotte de Portici, jusqu'au moment heureux où j'avais pu embrasser ses genoux. »

Cette femme respectable m'écoute avec une attention, une patience, une bonté extraordinaires. Comme je connaissais l'étendue de ma faute, elle vit qu'il était inutile de me l'exagérer.

« Mon cher fils, vous avez couru après les mensonges, et, dès le moment même vous en avez été environné. Jugez-en par la nouvelle de mon indisposition et du courroux de votre frère aîné. Berthe, à qui vous avez cru parler, est depuis quelque temps détenue au lit par une infirmité. Je ne songeai jamais à vous envoyer deux cents sequins au delà de votre pension. J'aurais craint, ou d'entretenir vos désordres, ou de vous y plonger par une libéralité mal entendue. L'honnête écuyer Pimientos est mort depuis huit mois. Et sur dix-huit cents clochers que possède peut-être M. le duc de Medina-Sidonia dans toutes les Espagnes, il n'a pas un pouce de terre à l'endroit que vous désignez : je le connais parfaitement, et vous aurez rêvé cette ferme et tous ses habitants.

— Ah ! madame, repris-je, le muletier qui m'amène a vu cela comme moi. Il a dansé à la noce. »

Ma mère ordonne qu'on fasse venir le muletier, mais il avait dételé en arrivant, sans demander son salaire.

Cette fuite précipitée, qui ne laissait point de traces, jeta ma mère en quelques soupçons. « Nugnès, dit-elle à un page qui traversait l'appartement, allez dire au vénérable don Quebracuernos que mon fils Alvare et moi l'attendons ici.

» C'est, poursuivit-elle, un docteur de Salamanque ; il a ma confiance et la mérite : vous pouvez lui donner la vôtre. Il y a dans la fin de votre rêve une particularité qui m'embarrasse ; don Quebracuernos connaît les termes, et définira ces choses beaucoup mieux que moi. »

Le vénérable docteur ne se fit pas attendre ; il imposait, même avant de parler, par la gravité de son maintien. Ma mère me fit recommencer devant lui l'aveu sincère de mon étourderie et des suites qu'elle avait eues. Il m'écoutait avec une attention mêlée d'étonnement et sans m'interrompre. Lorsque j'eus achevé, après s'être un peu recueilli, il prit la parole en ces termes :

« Certainement, seigneur Alvare, vous venez d'échapper au plus grand péril auquel un homme puisse être exposé par sa faute. Vous avez provoqué l'esprit malin, et lui avez fourni, par une suite d'imprudences, tous les déguisements dont il avait besoin pour parvenir à vous tromper et à vous perdre. Votre aventure est bien extraordinaire ; je n'ai rien lu de semblable dans la *Démonomanie* de Bodin, ni dans le *Monde enchanté* de Bekker. Et il faut convenir que depuis que ces grands hommes ont écrit, notre ennemi s'est prodigieusement raffiné sur la manière de former ses attaques, en profitant des ruses que les hommes du siècle emploient réciproquement pour se corrompre. Il copie la nature fidèlement et avec choix ; il emploie la ressource des talents aimables, donne des fêtes bien entendues, fait parler aux passions leur plus séduisant langage ; il imite même jusqu'à un certain point la vertu. Cela m'ouvre les yeux sur beaucoup de choses qui se passent ; je vois d'ici bien des grottes plus dangereuses que celle de Portici, et une multitude d'obsédés qui malheureusement ne se doutent pas de l'être. À votre égard, en prenant des précautions sages pour le présent et pour l'avenir, je vous crois entièrement délivré. Votre ennemi s'est retiré, cela n'est pas équivoque. Il vous a séduit, il est vrai, mais il n'a pu parvenir à vous corrompre ; vos intentions, vos remords vous ont préservé à l'aide des secours extraordinaires que vous avez reçus ; ainsi son prétendu triomphe et votre défaite n'ont été pour vous et pour lui qu'une *illusion* dont le repentir achèvera de vous laver. Quant à lui, une retraite forcée a été son partage ; mais admirez comme il a su la couvrir, et laisser en partant le trouble dans votre esprit et des intelligences dans votre cœur pour pouvoir renouveler l'attaque, si vous lui en fournissez l'occasion. Après vous avoir ébloui autant que vous avez voulu l'être, contraint de se montrer à vous dans toute sa difformité, il obéit en esclave qui prémédite la révolte ; il ne veut vous laisser aucune idée raisonnable et distincte, mêlant le grotesque au terrible, le puéril de ses escargots lumineux à la découverte effrayante de son horrible tête, enfin le mensonge à la vérité, le repos à la veille ; de manière que votre esprit confus ne distingue rien, et que vous puissiez croire que la vision qui vous a frappé était moins l'effet de sa malice, qu'un rêve occasionné par les vapeurs de votre cerveau : mais il a soigneusement isolé l'idée de ce fantôme agréable dont il s'est longtemps servi pour vous égarer ; il la rapprochera si vous le lui rendez possible. Je ne crois pas cependant que la barrière du cloître, ou de notre état, soit celle que vous deviez lui opposer. Votre vocation n'est point assez décidée ; les gens instruits par leur expérience sont nécessaires dans le monde. Croyez-moi, formez des liens légitimes avec une personne du sexe ; que votre respectable mère préside à votre choix : et dût celle que vous tiendrez de sa main avoir des grâces et des talents célestes, vous ne serez jamais tenté de la prendre pour le Diable.

ÉPILOGUE

DU DIABLE AMOUREUX.

Lorsque la première édition du DIABLE AMOUREUX parut, les lecteurs en trouvèrent le dénoûment trop brusque. Le plus grand nombre eût désiré que le héros tombât dans un piège couvert d'assez de fleurs pour qu'elles pussent lui sauver le désagrément de la chute. Enfin, l'imagination leur semblait avoir abandonné l'auteur, parvenu aux trois quarts de sa petite carrière ; alors la vanité, qui ne veut rien perdre, suggéra à celui-ci, pour se venger du reproche de stérilité et justifier son propre goût, de réciter aux personnes de sa connaissance le roman en entier tel qu'il l'avait conçu dans le premier feu. Alvare y devenait la dupe de son ennemi, et l'ouvrage alors, divisé en deux parties, se terminait dans la première par cette fâcheuse catastrophe, dont la seconde partie développait les suites ; d'obsédé qu'il était, Alvare, devenu possédé, n'était plus qu'un instrument entre les mains du Diable, dont celui-ci se servait pour mettre le désordre partout. Le canevas de cette seconde partie, en donnant beaucoup d'essor à l'imagination, ouvrait la carrière la plus étendue à la critique, au sarcasme, à la licence.

Sur ce récit, les avis se partagèrent ; les uns prétendirent qu'on devait conduire Alvare jusqu'à la chute inclusivement, et s'arrêter là ; les autres, qu'on ne devait pas en retrancher les conséquences.

On a cherché à concilier les idées des critiques dans cette nouvelle édition. Alvare y est dupe jusqu'à un certain point, mais sans être victime ; son adversaire, pour le tromper, est réduit à se montrer honnête et presque prude, ce qui détruit les effets de son propre système, et rend son succès incomplet. Enfin, il arrive à sa victime ce qui pourrait arriver à un galant homme séduit par les plus honnêtes apparences ; il aurait sans doute fait de certaines pertes, mais il sauverait l'honneur, si les circonstances de son aventure étaient connues.

On pressentira aisément les raisons qui ont fait supprimer la deuxième partie de l'ouvrage : si elle était susceptible d'une certaine espèce de comique aisé, piquant quoique forcé, elle présentait des idées noires, et il n'en faut pas offrir de cette espèce à une nation de qui l'on peut dire que, si le rire est un caractère distinctif de l'homme comme animal, c'est chez elle qu'il est le plus agréablement marqué. Elle n'a pas moins de grâces dans l'attendrissement ; mais soit qu'on l'amuse ou qu'on l'intéresse, il faut ménager son beau naturel, et lui épargner les convulsions.

Le petit ouvrage que l'on donne aujourd'hui réimprimé et augmenté, quoique peu important, a eu dans le principe des motifs raisonnables, et son origine est assez noble pour qu'on ne doive en parler ici qu'avec les plus grands ménagements. Il fut inspiré par la lecture du passage d'un auteur infiniment respectable, dans lequel il est parlé des ruses que peut employer le Démon quand il veut plaire et séduire. On les a rassemblées autant qu'on a pu le faire, dans une allégorie où les principes sont aux prises avec les passions : l'âme est le champ de bataille ; la curiosité engage l'action, l'allégorie est double, et les lecteurs s'en apercevront aisément.

On ne poursuivra pas l'explication plus loin : on se souvient qu'à vingt-cinq ans, en parcourant l'édition complète des œuvres du Tasse, on tomba sur un volume qui ne contenait que l'éclaircissement des allégories renfermées dans la *Jérusalem délivrée*. On se garda bien de l'ouvrir. On était amoureux passionné d'Armide, d'Herminie, de Clorinde ; on perdait des chimères trop agréables si ces princesses étaient réduites à n'être que de simples emblèmes.

NOTES.

Nous donnons ici le premier dénoûment, que l'auteur a changé, selon le compte qu'il en rend dans l'épilogue qui est à la fin de la nouvelle.

Après ces mots : « d'un gentilhomme enfin », il y avait :

Elle voulut insister, j'étais devenu inflexible. M'imputant le malheur des miens, j'eusse exposé ma tête à tous les risques, et eussé-je pu redouter des châtiments, j'étais déterminé à les affronter, à les souffrir, plutôt que de demeurer en proie aux remords qui déchiraient mon cœur.

C'était dans cette disposition que je m'avançais vers les murs qui m'avaient vu naître, et que je devais trouver bientôt remplis du deuil que j'y avais causé. Les mulets, quoique forts, ne marchaient pas assez vite au gré de mon impatience : « Fouette donc, malheureux, fouette ! » disais-je au muletier. Il fouette ; et, en effet, les mulets hâtent le pas.

Je découvrais déjà, mais d'assez loin, le sommet des tours du château ; pour animer encore davantage les animaux qui me tirent, je les aiguillonne avec la pointe de mon épée ; ils ruent, ils prennent le mors aux dents. Bientôt on ne les voit plus courir, ils volent. Le postillon, démonté, est jeté dans une ornière ; les rênes, retombées en avant, ne peuvent plus être saisies par moi ; je crie, je m'emporte ; on s'effraye, on s'écarte, on fuit sur mon passage ; enfin, je traverse comme un orage le village de Maravillas, et suis emporté à six lieues au delà, sans que rien mette obstacle à la force invincible qui entraîne ma voiture. Je me fusse précipité mille fois, si la rapidité du mouvement m'en eût laissé les moyens.

Las d'efforts, de tentatives de toute espèce, je me rassois. Je regarde Biondetta. Elle me semble plus tranquille qu'elle ne devait l'être, elle que j'avais vue susceptible de crainte pour de bien moindres raisons. Un trait de lumière m'éclaire : « *Les événements m'instruisent*, m'écriai-je, *je suis obsédé.* » Alors je la prends par un bouton de son habit de campagne : « *Esprit malin*, prononçai-je avec force, *si tu n'es ici que pour m'écarter de mon devoir et m'entraîner dans le précipice d'où je t'ai témérairement tiré, rentres-y pour toujours.* » À peine eus-je prononcé ces mots, elle disparut ; et les mulets qui m'avaient emporté étant de même nature qu'elle, l'avaient suivie.

La calèche fait un mouvement extraordinaire ; il m'enlève du siège, et je me vois au point d'en sortir. Je lève les yeux au ciel ; un nuage noir s'élevait en l'air, le sommet représentait une énorme tête de chameau. Le vent, qui emportait cette vision avec la violence d'un ouragan, l'eut bientôt dissipée. En portant mes regards autour de moi, je vis que les mulets étaient évanouis, et que ma calèche, penchée vers la terre, portait sur ses brancards.

Je me trouvai seul dans une petite plaine aride écartée des chemins ordinaires. Mon premier mouvement fut de me prosterner pour rendre grâces de ma délivrance.

J'aperçois un hameau ; j'y vais, j'y trouve des secours pour me faire conduire où je devais aller, mais sans demander de nouvelles, sans me faire reconnaître. J'étais absorbé dans ma douleur, et accablé de remords qui ne s'étaient jamais fait sentir aussi vivement.

J'arrive au château. J'osais à peine lever les yeux, ni les arrêter sur aucun objet. J'entends une voix : « C'est Alvare ! c'est mon fils ! » J'élève la vue, ct rcconnais ma mère… Au milieu de ces réflexions, etc.

Nous avons rapporté dans la Notice les paroles attribuées à Cazotte comme ayant été prononcées à l'occasion de son jugement, d'après le compte rendu rédigé par M. Bastien, l'éditeur de ses œuvres. Les termes de la phrase semblent impliquer qu'il reconnaissait la justesse de sa condamnation, soit en général, soit au point de vue de l'état de choses révolutionnaire. M. Scévole Cazotte, fils de l'illustre victime, nous a écrit pour protester contre cette rédaction, ainsi qu'il l'a fait à l'époque de la publication de M. Bastien. Les paroles de Cazotte furent au contraire empreintes du sentiment de son innocence et de l'horreur que lui inspirait le tribunal qui s'était attribué le droit de le juger. Nous croyons devoir citer un passage de la lettre de M. Scévole Cazotte qui fait honneur à la fermeté de ses convictions :

« Et moi aussi, je fus alors condamné, mais non saisi et exécuté, et M. de Nerval ne peut me refuser la conscience des sentiments qui, du cœur de mon père, avaient pénétré dans le mien. Eh bien, je lui rappellerai les paroles de l'Écossais Monrose (Mountross) à ses juges, lorsqu'on lui prononça la sentence qui le condamnait à la mort et à ce que son corps fût divisé en quatre quartiers, pour être exposé dans les quatre principales villes de l'Écosse :

« Je regrette, répondit-il, qu'il ne puisse pas fournir assez de matière pour l'exposition dans toutes les grandes villes du monde, comme monument de ma fidélité à mon roi et aux lois séculaires de mon pays ! »

« Et j'affirme à M. de Nerval que les sentiments de mon père et les miens étaient beaucoup plus près de ces paroles que de celles qui ont été citées par M. Bastien…

» Ce 25 juillet 1845.

» J. SCEVOLE CAZOTTE. »

À propos de cette édition électronique

Table of Contents

Notes
À propos

Printed in France by Amazon
Brétigny-sur-Orge, FR

13901928R00073